仮面夫夫のはずが、前世の記憶を取り戻した夫に溺愛されています

Yuki Fukuzawa

福澤ゆき

Ruby collection

Contents

登場人物紹介
CHARACTER INTRODUCTION
リナルド
公爵家の三男で帝国騎士団の副団長。
落馬事故によって大怪我を負い、瀕死の
状態になるが奇跡的に生還を果たす。
しかし、その日から人が変わったように
フィーノを溺愛するようになって…？
フィーノ
長年夫であるリナルドから虐げられて
きた男爵家の三男。なるべく夫と
関わりを持たないように文官の仕事に
打ち込んできたが、ある日夫の危篤という
報せを受け、人生が一変していく。

ジルド
伯爵家出身の文官。
地下書庫の管理を
任されていたが
謎の失踪を遂げる。
アベレート
現王とアルドバ人の下級貴族の
母との間に生まれた第二王子。
王位継承権の順位は低いが、
その優秀さを評価されている。
ミカエル
天使のように優しく美しいと
いわれる伯爵家の末息子。
学生の頃からリナルドと恋人
関係にあると噂される人物。
ファロ
口が利けない小間使いの
少年。何かとフィーノを
気にかけてくれる。
シモーネ
フィーノの貴族学校の
同級生で、現同僚。由緒正しい
伯爵家の出身でおっとりした
性格だが要領が悪い。
ゼノス
シュレナの英雄の一人。孤児院の出身で
魔法が下手だったが、ベルミリオに
引き取られ弟子となる。恩人である
ベルミリオに師弟愛以上の感情を抱くように。
ベルミリオ
シュレナの英雄の一人。
偉大な魔法使いだったが、国を震撼させた
悲惨な事件である「プリディーヴァの
惨劇」で命を落としたとされる。

仮面夫夫のはずが、前世の記憶を取り戻した夫に溺愛されています

■プロローグ

そろそろ日付も変わるという深い夜、町にいるのは酔《よ》い潰《つぶ》れて寝ている者と、生きているのか死んでいるのか分からないガリガリに痩《や》せた路上生活者達しかおらず、静まりかえっている。

連日連夜の王宮勤めで疲れていたフィーノは馬車の中でうつらうつらしていたが、馬の小さないななきで目を覚ました。

今夜は久しぶりに体を横たえて寝られる。

今すぐにでもベッドに飛び込みたいぐらいに眠いのに、馬車を降りて目の前にそびえたつ我が家を見ると急に足が重くなる。

だからと言って路上で眠る訳にもいかず、光の消えた窓を睨《にら》むように見つめながら夜勤の門番に声をかけて屋敷へと入った。

すでにメイド達は眠っているようだが、執事のロッシはまだ起きていたらしく出迎えてくれた。

「お食事と入浴は？」

「済ませてある。お前ももう下がっていい」

そう言ってフィーノは真っすぐ階段へと向かった。この家では出来るだけ足音を忍ばせて廊下を歩くのが癖になっているが、古い木の床板がぎしりぎしりと嫌な音を立てるのは抑えられない。

階段を上がり、廊下の一番奥に押しやられたようにある自室を目指して歩いていると、いきなり寝室の扉が開いた。

（げっ）

内心で思わず声を上げる。

中から現れた長身の男。明るいブロンドの髪に透き通った緑の瞳《ひとみ》。

襟付きシャツにズボンというシンプルな格好ながら見惚《みと》れるほど美しい。見た目だけなら社交界の華だが、フィーノはその姿を見ると無意識に足が竦《すく》んで手が震えた。

（くそ、今日から遠征じゃなかったのかよ。いないと思ったから帰ってきたのに……）

男は戸籍上、フィーノの〝夫〟だった。

フィーノもまた男であるが、紛れもなく彼とは夫夫《ふうふ》関係にある。

リナルド＝アドルナートはランドリア帝国西側を領地とするアドルナート公爵家の三男で、剣技に優れ、帝国騎士団の副団長を務めている。

信仰心の篤いランドリア帝国は政教一致の統治で、帝国騎士団は〝神に仕える聖騎士団〟として聖職者扱いとなり、女性との性交や結婚が固く禁じられている。

そのため、跡継ぎになる可能性のほとんどない貴族の次男、三男が所属することが多かった。

有力諸侯たちの跡目争いによる内乱を防ぐ目的もあるのだと言う。

一方、法の抜け穴として男性との性交は許されており、結婚も許可されていた。

この場合、身分の高い方が〝主人〟低い方が〝配偶者〟となり、配偶者は全ての行動において主人の許可が必要となるという制約がある。

貴族にとって結婚は有効な政治手段であり、いくら爵位を継がない次男などでも、それが完全に禁じられるのは痛手だったため、特権階級においてはしばしばこの抜け道となる同性婚を利用していた。

特に男でも女性的で見目が麗しければ、労働者にしたり長男の領地経営の手伝いをさせたりするよりも、より位の高い貴族へ配偶者として差し出した方が政治的にも有効だという考え方だったのだ。

リナルドともまた、そういういきさつで、フィーノが十三歳の時に婚約した。

それからもう十年以上が経《た》つが、関係はすこぶる悪い。

顔を合わせると何を言われるか分からないので普段は会わないように気を遣っているが、案の定、今日もフィーノを見た途端リナルドの顔はたちまち嫌悪に歪《ゆが》んだ。

まるで親の敵でも見たかのようにこちらを睨み付けて足早に歩み寄り、フィーノの胸ぐらを摑《つか》み上げた。

「俺が家にいる日は帰ってくるなと言っているだろう！」

「……っ、申し訳、ございません」

「その顔を見せるな。目障りだ」

そのまま思い切り突き飛ばされると、寝不足の体がぐらりとよろけて、背後にあった額縁の角にぶつかった。こめかみが切れて血が滴る。

痛みにぼやけた視界の中、頭を押さえながら謝罪をすると、リナルドはうんざりしたような顔で続けた。

「……祭事の件は、ちゃんとやってるんだろうな」

そう聞かれて、フィーノは無理やり笑みを作った。

「は、はい。今年もアドルナート家の品を使用するよう、手を回しております」

「それぐらいしか存在価値がないんだから確実にやれよ。……出来なかったら分かってるな？」

「承知しております。必ず、やってみせます」

その時、物音に気付いた執事のロッシが階段を上がってきた。彼は血を流しているフィーノを目にしても、日常茶飯事というように動ぜずに言う。

「すぐに手当てを致します」

だがそれを、リナルドが制した。

「放っておけ。それより、寝酒を持って来い」

「……承知しました」

執事はフィーノに向き直ると、「すぐに手当てをさせます」と紐《ひも》を引いてベルを鳴らしてメイドを呼ぼうとしたのでその手を摑んで止めた。

「いい。自分でやる」

執事は少し困ったように眉根《まゆね》を寄せた後で酒を取りに階下へと戻っていく。フィーノは自分の部屋に入った。

（クッソ……）

髪の毛で隠れる部分で良かったと、血で汚れないように雑に手当を施して、そのままベッドに倒れ込む。

一般的に、夫婦は愛し合うものらしい。だが、自分達はそうではない。

結婚式の時ですら、司祭に頼んで省略して貰《もら》い、愛を誓わなかった。結婚する時に、リナルドからそう言われたからだ。

「生涯お前を愛することはない」と。

同性婚は大抵、線が細く中性的で可憐《かれん》な見た目の少年が〝配偶者〟として上流貴族に差し出されることが多い。フィーノもリナルドと婚約を決めたばかりの頃はそうだったが、二次性徴を終えた後はだいぶ印象が変わってしまった。

顔立ちは端整なものの、可憐さや女性的な要素は見受けられない。

だからリナルドが夜伽《よとぎ》する気にもならないとフィーノを気に入らないのは理解できる。

所詮《しょせん》、形式上の夫夫だ。家の繋《つな》がりはあっても、子を為す訳でもないし世間一般の男女の夫婦とは訳が違う。

それでも、一生を共にするのだから友人としてでも仲良くやっていきたい。そう思っていた。

婚約してから十三年。何度歩み寄ろうと試みたか分からないが、その度にろくなことにはならなかった。

いつか。いつか。

どんな奴《やつ》が相手でも真摯《しんし》に接すれば時間が解決するのではないか。そう願ったこともあったが、日に日に疎まれ憎まれて、虐待じみた行為がエスカレートしていくだけだった。

夫夫というよりは隷属しているだけのような、一方的な支配関係。

フィーノが選んだ道は、戸籍上夫夫だが徹底して顔を合わせず、自分は生涯一人のつもりで生きていくということだった。

これは政略結婚であり、両家が協力関係にある象徴という役割さえ果たせればいいのだ。配偶者としての役割は何一つ果たせなくても、仕事でアドルナート家に利益をもたらせられればいい。

目を閉じると日中仕事で酷使した目が痛み、生理的な涙が滲《にじ》んだ。

夫夫間に愛なんて必要ない。

愛なんていうのはなんの役にも立たない無意味な感情だ。ずっと、そう思って生きている。

■1章――①

かつて世界の全てを統《す》べていたと言われる古代シュレナ帝国を祖とするランドリア帝国は、大陸の中では比較的南方に位置しており、海に囲まれた温暖な半島国家である。

その首都、レノヴァにあるランドリア王宮では、貴族や富裕層出身の文官武官が多く働いていた。

殊更、武官である騎士達の一日の予定は厳格に定められている。

体が資本とされる彼らは夜飲み歩くことも定められた日しか許されていないながらも、その管理の徹底ぶりは平時の主な仕事である鍛錬の時間にも及ぶ。だが、文官はそうではない。自分の仕事が終わるか終わらないかだ。業務を多く抱え込む者は泊まり込みで終わらせることも多かった。

フィーノもまた、その一人だった。

王宮で働く者として身だしなみだけは整えているものの、薄紫の目の下にはべったりと沁《し》み込んだような隈《くま》が張りついている。

フィーノの仕事は公文書の管理を中心として、国王主催の祭事に関する事務などにも携わり、仕事内容は多岐にわたり忙しい。

特に今日は、隣国アルドバの大学で学んでいた第二王子のアベレートが帰国予定のため、朝から王宮中が大忙しだった。

リナルドもここ二週間ほどは留守にしており、第二王子の帰還道中の警護に当たっている。

アベレート第二王子は、現王とアルドバ人の下級貴族の母との間に生まれた子供で、母親の身分が低いため王位継承権の順位は一番低いが、四人いる王子達の中では抜きんでて賢く、優秀と言われている。

莫大《ばくだい》な国費を使う浪費家の父王とは正反対に堅実で質素な生活を好むことでも有名だ。

彼を次期国王にと望む声も熱狂的に多く、故に保守派層からは嫌悪されており、命が狙われる可能性も高い。帰国の道中は厳重な警備体制が敷かれていた。王子の帰還に当たってここ数日は特に忙しく、執務室内は常にピリついていた。

「なんだこれは！　全部アルドバ語じゃないか！　しかも明日までってどういうことだ！」

上司のカロージオが伝令部から送られてきた文書に怒りの声を上げると、他の文官は一斉に顔を俯《うつむ》けて自分の仕事で手一杯という風を装っている。

その中で、フィーノはこの仕事は自分に来るだろうなと予感していた。

国の重要文書を取り扱う書記官は文官の中でも特に血筋に優れた貴族の身分の者しか基本的に選ばれない。しかしフィーノは祖父の代で叙勲した歴史の浅い男爵家という下級貴族の出自でありながらも異例の抜擢《ばってき》で書記官となったのだ。故に、フィーノのことを面白くないと思う者や「伝統ある高貴な仕事を貶《おとし》めた」と反感を持つ者も多い。特に室長のカロージオには露骨に嫌われている。

案の定、カロージオがこちらを睨みつけたかと思うと、ズカズカと足音を立ててやってきたので、フィーノは先手を打って立ち上がった。

「私がやりましょう」

フィーノは疲れの滲む目を細めて笑った。正直業務過多もいいところだが、もう一日徹夜すればどうにか終わる。

いずれにしろこちらに押し付けられることは確定しているのだから、先手を打った方がいい。

するとカロージオは面白くなさそうに意地の悪い嫌な笑みを浮かべ、フィーノの肩に手を置いて嫌な手つきで撫《な》でると囁《ささや》くように言った。

「明日の朝までに終わらせられなかったら、お前の旦那《だんな》に言ってやるぞ。〝今年はご期待に応えられないかもしれません〟ってな」

思わず舌打ちしそうになったが、どうにか堪えて立ち上がる。

さっさと自席に戻ろうとしたカロージオをフィーノは呼び止めた。

「カロージオ様」

「宝飾品管理は管轄外なんですが、ちょっと気づいたことがありまして……」

するとカロージオはピタリと足を止めた。すぐ側《そば》に座っている子爵のサンツィオが露骨にぎくりと肩を揺らす。

「国王陛下や王妃殿下のお衣装に使用されている宝飾品の金額が三年前までと違いすぎるんです。特に宝石類の価格はこの三年で変わっていませんので、本来の値よりも大分水増しされている気がします。仕入れ先を調べた方がいいかもしれません」

苦い顔をしているカロージオと、三年前から宝飾品管理の担当についているサンツィオの顔色を見て、分かりやすさに内心呆《あき》れた。おそらく、彼等は仕入れ先と結託して、実際の額よりも遥《はる》かに高い金額で仕入れ、その差額分を着服しているのだろう。

ランドリア王国は今や、繁栄を極めた古代シュレナ帝国のなれの果てだ。かつての栄光の面影もなく、政治も宗教も腐敗しきっている。

現宰相は浪費家の国王と極めて親密な仲にあり、横領、賄賂《わいろ》、不正、何もかもを看過していた。それを咎《とが》める者も調査する者もいない。現にフィーノは密《ひそ》かに何度か告発していたが、全てもみ消され、なかったことにされている。

昔はそれに憤慨したこともあったが今はもう、日常の業務に忙殺されてどうでも良くなっていた。正義感なんてそんなもの、この世界で生きていく上で何の役にも立たない。ではなぜその役に立たない正義感を翳《かざ》したかといえば、建て前でも使えば利益を生むこともあるからだ。

カロージオはちらりと、フィーノに近づいて小声で言った。

「それについては、管轄外のお前が口出しすることではない。この件については伏せておけ」

「はぁ……しかしさすがに三年連続ですと気になりまして。担当のサンツィオ様が忙しいなら、私が独自に調査しますが……」

すると、カロージオはひどく苛立《いらだ》ったように手を震わせながら言った。

「……分かった。今年もプリディーヴァではアドルナート家の品を使用しよう。だからその件はこちらに任せておけ」

「ありがとうございます」

ホッと胸を撫でおろした。告発したところでもみ消されてしまうので脅しにもならないかと心配していたが、余計な火種は消しておきたいのだろう。

(これで今年も大丈夫だ)

織物業の盛んなランドリアでは、タペストリーや絨毯《じゅうたん》が特産品となっており、各領土で様々な特色のある織物を生産している。

王室行事でどこの家の織物が使用されるかは、各貴族の威信にも関わってくる。

ここ数年、フィーノは毎年、一番大きな祭事である春の祭り・プリディーヴァの際、王の間にリナルドの実家であるアドルナート家の織物が使用されるように働きかけ続けていた。そうするように、リナルドに命じられているからだ。

一仕事終えてフーっと息を吐くと、ズキズキと頭が痛んだ。

ここ数日まともに寝ていない。カロージオが毎日毎日嫌がらせ目的で大量に仕事を押し付けてくるからだ。

「ね、ねえフィーノくん。少し手伝おうか?」

ハンカチで汗を拭《ふ》きながらそう声をかけてきたのは、同僚のシモーネだ。ぽっちゃりとした体に丸い目。おっとりした性格で、悪く言えば要領が悪い。フィーノとは同い年で、同じ貴族学校の出身だった。本来、第一線で働けるような実力ではないが、由緒正しい伯爵家の血筋で、また父親が彼を溺《でき》愛《あい》しているため、いわゆるコネで配属されている。

ちらりとシモーネの席を見ると、フィーノの三分の一程度だったが、未処理の書類が溜《た》まっていた。彼の処理能力を考えると、あれで手一杯だろう。他人《ひと》を手伝う余裕などないはずだ。

「必要ない。自分の仕事だけしてろ」

端的に断って書類に向かうと、シモーネはごめんねと呟《つぶや》いて、肩を落として自席へと戻っていく。

後ろの席でヒソヒソと声が上がる。

「相変わらず感じの悪い、下品な男だ」

「全くだ。ご主人様に必死に尻尾《しっぽ》を振っているようだが、一向に靡《なび》いてもらえない哀れな奴だな」

同僚たちはわざとフィーノに聞かせるように大きな声で話し出した。

「リナルド様、ここ数年はずっとミカエル様の元に入り浸りだって話だぞ」

その名前に、フィーノはグッとペンを握る手に力が籠《こ》もった。

ミカエル＝セラフィーノ。リナルドとは学生の頃からの付き合いで、愛人関係にあると噂《うわさ》されている人物だ。

フィーノより三歳年上で帝国騎士団に所属する立派な武官だが、未《いま》だに女性的な容姿を保っており、眩《まばゆ》いほどに美しい。

「そりゃあそうなるさ。ミカエル様ぐらいお美しければ同性婚でも歓迎だが、あんなまんま男の顔で妻と言われても勃《た》つもんも勃たないからな」

「男もイケる口なら、まあ顔は悪くないがな」

ドッと上がった笑い声に下品なのはどっちだと、胸中で悪態をつきながら、フィーノは手元にある仕事を再開する。

「まあでもアレはカロージオ様の癇癪《かんしゃく》の受け皿だ。無理難題を喜んでこなしてくれるし助かるよ。いなくなられたら困る」

いなくなられたら困る。その言葉に、フィーノは苛立ちながらも妙な安心感を覚えた。

ここはある意味、居場所だった。

仕事が残っていると言えばいくらでもここにいられるし、遠征や訓練後の騎士団のために用意されたものだが、入浴が出来る場所もある。

おかげでここ数年は、泊まり込みか早朝帰りが基本で、リナルドと顔を合わせる機会もほとんどなかった。出来る限りあの家に帰りたくない。

どこか別の宿に毎晩泊まるという手もあるが、そんなことをして不貞の噂が立ったらたまらない。仕事場に泊まり込んでいるのなら、フィーノの身の潔白は、この職場が証明してくれる。

男女問わず配偶者の姦通《かんつう》は宗教的にも重罪で、破門の末に国外追放となる。そしてそれだけが、離婚が認められる唯一の方法だった。リナルドの性格上フィーノに姦通の疑いが生じたら即、罪を立証して断罪し、国外追放するだろう。

たとえそれが強姦《ごうかん》だったとしても、宗教上、姦通罪として立証されてしまう。気に入らない妻と離縁するために、わざと別の男を雇って強姦するという非道なことも行われている。

フィーノ自身、昔一度、リナルドを激怒させてそれをされそうになったことがあり、その時の恐怖は今でも身に沁みついていた。

感情的にはフィーノも今すぐにでも離婚したい気持ちはあるものの、そうなった場合こちらだけが失うものが大きすぎる。

国外追放などされたら、今まで積み上げてきた努力が全て無駄になる。

家族からすら愛されずに踏みつけられ、周りからどれだけ嫌われていようと、誰よりも多くの仕事をこなしていれば、自分に対して価値が生まれる。

今自分が死んで悲しむ者はこの世に一人としていなくても、困る者はそれなりにいるだろう。自分の価値を高めることだけが、フィーノの生きがいだった。

(無価値のまま、死んでたまるか)

ヒソヒソと陰口を叩《たた》く声をまるで聞こえていないふりをして仕事を進めた。

■1章―②

日付が変わりそうな頃、執務室内は、いつのまにかフィーノ一人になっていた。

火急の仕事はほぼ終わっている。あとは夕方カロージオから押し付けられた第二王子のアルドバからの帰還任務の報告書を作成するだけだ。

王子はもう国境を越えており、山を越えれば朝方には帰還するという伝令だった。降雨による道のぬかるみや土砂崩れもなく、行軍に遅れはないようだ。

帝国騎士団に所属しているリナルドも、第二王子の護衛に付いていていたが、そろそろ王都に着いた頃だろう。

(今日は帰らない方がいいな)

うっかり鉢合わせでもしたらまた罵倒《ばとう》が待っている。だが、家に帰りたくないとはいえ、疲労は溜まる。ベッドの上で横になりたい。

眠気を覚ますために、机の上に置いてある瓶から丸薬を取り出した。メルバという草をすりつぶしたもので、嚙《か》むとピリピリとした刺激が走り、目が覚めるという覚醒《かくせい》作用がある。

一日一粒までと言われているそれを、フィーノは二粒口に入れ、嚙み砕いた。これであと三時間は持つだろう。

ペンを走らせながら、そういえばやたら腹が減っていることに気づき、朝から何も食べていなかったことを思い出した。

引き出しから、コルーネという保存食を取り出す。騎士団が遠征の際によく持って行く長期保存が可能な硬い食べ物だ。

乾燥しているためカチコチで、大人の拳《こぶし》ぐらいの大きさがある。一つ食べれば、一日二日は食べなくてもいいというほどの栄養爆弾だが、とにかくまずい。

パサついたそれを食べていると、水が欲しくなるが、飲み物を運んできてくれる小間使いはさすがにもういない。自分で用意しようと立ち上がりかけたとき、小さな手が伸びてきてフィーノの机の上にカップを置いた。

「え……？」

一瞬、幽霊かとすくみ上がったが、隣を見ると小間使いの少年が立っていた。年は十二歳前後といったところだろうか。銀色の髪に青い瞳《ひとみ》の可愛らしい子供だ。

「お、お前……まだ残ってたのか？」

少年はコクッと頷《うなず》く。

どこから連れてこられたのかは分からないが、三カ月ほど前から王宮で下働きをしている。生まれつきなのかは分からないが口が利けないらしいが、こちらの話していることは分かるようだ。

名前もないのか、「おい」とか「あれ」とか「あいつ」とか、そういう風に呼ばれている。夕方以降は姿が見えなかったから、とっくに宿舎に戻っていると思っていた。

「カロージオに残るように言われたのか？」

本人がいないからと、うっかり上司を呼び捨てにしてしまったが、告げ口されることもないだろうし、いいだろう。少年はフィーノの問いに首を横に振る。どうやら自主的に働いているらしい。

（邪魔だ……）

水を持ってきてくれたことはありがたいが、こんな子供がうろついていたら気が散って仕方がない。

さらに少年は、仕事中のフィーノの手元が暗いことが気になったのか、側《そば》にあった燭台《しょくだい》に火を灯《とも》そうとマッチを擦った。

途端に上がる赤い小さな炎。それを見た途端、フィーノはぶわりと全身から汗が噴き出して、椅子から転げ落ちた。

「消せっ!!　火を消せっ!!」

激怒すると、その取り乱し様に小間使いはひどく戸惑《とまど》ったようにしながらも手で煽《あお》いで火を消した。

ドッドッと激しい心音は鳴りやまず、冷や汗が背中を伝い落ち、はぁはぁと浅い呼吸を繰り返す。

どういう訳なのかは分からないが、昔からフィーノは異常なほどに火を恐れていた。火に焼かれる夢も何度見たか分からない。

大人になっても燭台を手に持つことが出来ず、暖炉の側にも近寄れずにいる。

暗闇の中で息を整えながら冷や汗を拭《ぬぐ》うと、フィーノは取り乱したことを恥じて椅子に座り直した。

見られたくない姿を見られたが、口が利けないなら吹聴されることもないだろう。

そうは思ってもなんとなく居心地が悪い。申し訳なさそうな表情をして立っている少年を睨《にら》みつけ、フィーノは言った。

「子供がこんな時間まで働くな。宿舎に帰れ」

そう言うが、少年は引き返さない。

「待っていたって施しなんてする気はないからな。仕事の邪魔だから帰れ」

シッシッと犬を追い払うように手で払っても少年は感情のない顔で立ったままだ。フィーノは溜息《ためいき》を吐《つ》くと、今度は少し脅すような顔で言った。

「知ってるか？　夜寝ないと背が伸びなくなるんだぞ」

すると少年はサッと顔を青ざめさせた。

「分かったら、さっさと帰って寝ろ」

すると少年は頷いて、慌てて頭を下げてパタパタと執務室を出ていった。ホッと一安心して仕事を再開する。それから明け方頃まで、どうにかアルドバ語を訳しながら書類を作成し、日の出前には仕事が終わった。

（さて寝るかなぁ）

眠気が限界に達していた。椅子を三つ並べてその上に家から持ち込んだ毛布を敷き、簡易ベッドを作っていた時だった。

コツコツと窓を叩く音がした。大きな鳥が、鈎《かぎ》状の嘴《くちばし》で窓を叩いている。

鳥を使った手紙のやり取りは、ランドリア王国で広く用いられている連絡手段だ。

スピード重視、正確性重視、重さのあるものを運びたいなど、運送手段によって使われる鳥の種類は異なるが、急ぎの連絡に使われるのは、今この窓の向こうにいるグリモンテという猛禽類《もうきんるい》だ。夜目が利くし、物凄《ものすご》い速さで飛ぶことが出来る。

一体何事だろうとフィーノは窓を開けると、報酬の干し肉を与えて手紙を受け取った。差出人は屋敷の執事のロッシだ。

『リナルド様、ロッカーナ山の下山中にて落馬し大怪我《おおけが》。すぐ戻られよ』

「リナルドが……？」

〝夫〟の危篤の報《しら》せに、フィーノは目を見開いた。

リナルドもフィーノもどちらも三男で領地を持っておらず、結婚したときに公爵家が保有する王都の別邸の一つを住居として譲り受けた。王城からほど近い小高い丘の上に立っている。

正直なところ、二人で住むには馬鹿でかい。

そしてフィーノはほとんど王宮に泊まり込みのため屋敷で過ごす時間は短い。リナルドはこの家でミカエルと一緒に過ごす時間の方が長いだろう。

屋敷の中は不気味なほど静まり返っている。

どうせ怪我と言ってもたいしたこともなく、罵声《ばせい》を浴びせられるだけではないかと警戒していたのだが、ベッドに横たわるリナルドを見て、フィーノは息を飲んだ。彼の顔に生気はなく、ほとんどこと切れた状態だ。

「生きて……いるのか？」

思わずそう聞くと、側についている医師はなんとも言えない顔で言った。

「生きていると言えば生きている。死んでいると言えば死んでいる状態です。見える部分は綺麗《きれい》なのですが、腹部の内臓はぐちゃぐちゃで手の施しようがありません。薬を投与している間は、心臓が動きますが……投与をやめれば止まります」

なるほど、〝生かしている〟状態なのだろう。

まだ、リナルドの両親であるアドルナート公爵夫妻は来ていない。領地からここに来るのは馬車を飛ばしても半日以上はかかる。きっとそれまでは薬を投与して持たせるに違いない。今はただ、心臓が動いているだけの状態だ。

「涙一つ流さないなんて、なんと薄情な……」

同じく報せを受けて駆けつけたらしい王都に住む親族達からヒソヒソと陰口を叩かれる中、リナルドが死ぬなんて信じられずにぼんやりと立ち尽くしていた。

アドルナート公爵夫妻が到着したら、薬の投与は止められてあの世に行く。彼がいなくなったら、これまで苛《さいな》まれていた全ての重い枷《かせ》も苦しみからも解放されるだろう。それなのに、感情が麻痺《まひ》したようになって何一つ受け入れられない。

これまで投げつけられてきた言葉が胸を抉《えぐ》るが、それにもう一生言い返すことが出来ないのだと思うと怒りが湧いてくる。

人形のように澄ました顔を前に拳を震わせるが、もはや手の尽くしようがないのだろう。医者も完全に諦《あきら》めた顔をしている。

「……さようなら。リナルド・アドルナート。来世では俺に関わるなよ」

それだけ言うと、子供の頃は憧《あこが》れていた彼の剣を振るう姿がふと頭をよぎって微《かす》かに瞼《まぶた》が震え、慌てて踵《きびす》を返そうと後ろを向いた時だった。周りから驚きの声が上がった。

何事かと思って振り向いて、フィーノもまた驚いた。リナルドの手が動いたのだ。

白い腕はズズズ……と毛布の上を這《は》い、ぐちゃぐちゃになっているという腹部の上で止まった。

毛布の上が、ほんの少し白い光で光ったように見えて慌てて目を擦《こす》ると、さらに信じられないことが起こった。リナルドがその薄い瞼をゆっくりと押し上げていく。

そしてフィーノと目が合うと、彼は突如ガバッと上体を起こした。そして毛布をはねのけてベッドから出て、こちらに這って来ようとする。

周りは騒然、医者もまた呆気《あっけ》に取られたように口を開いていたが「いけません、急に動いては」と慌てて諫《いさ》めた。

「り、……リナルド?」

あまりの驚きにその場にへたり込んでしまうと、リナルドは薄緑の両目からボロボロと涙を溢《あふ》れさせて必死にこちらに近づいてきて、思い切りフィーノを抱きしめた。

「え……?」

「——、ルっ! やっとだ、やっと会えた……っ! もう、もう二度と離さないから……っ」

言われてることも、されてることも何もかも理解できない。

これまでの人生で、一度もリナルドから抱きしめられたことなどなかった。

リナルドはずっとフィーノに触ることすら嫌がっていたし、偶然手が触れた時など手袋をわざわざ目の前で暖炉にくべて燃やしていた。

だからこれは夢に違いない。

今はまだ仕事場に居て、居眠りをしながら夢を見ているのではないか。

そのときふと、頬に冷たい手のひらの感触を感じた。神に祝福されたかのように美しいリナルドの顔が眼前にある。

「今度こそ、伝えさせてください。……愛しています」

(愛、してる……？　リナルドが？　俺を？　いやそんなはずはない)

同時に、唇に柔らかい感触がした。キスをされている。結婚の時の形式的な誓いのキスすら拒否した男が、どうして。

それに気づいた時、ただでさえ連日の過酷な労働で疲労困憊《こんぱい》していたのと、許容量を超えた衝撃にフィーノの視界はぐるんと回って、その場に倒れ込んだ。

■1章──③

──十三年前。ランドリア王立貴族学校。

キン、という金属がはじかれる小気味よい音と共に青空に剣が舞い、くるくると落ちていく。

自分の二倍はありそうな体格の同級生がへたり込んでいるのを後目《しりめ》に、フィーノは兜《かぶと》を脱いで片手に抱えた。暑さに張り付く前髪をかきあげる。

「すげえ。またフィーノの勝ちか」

「うちの学年で一番強いのはフィーノだろうな。あんなに小さくて、女の子みたいに可愛いのに……」

「おまけに成績も一位だぜ、クソッ」

ヒソヒソと聞こえてくる声に、フィーノは「当然だ」と密《ひそ》かに思った。

朝は誰よりも早く起きて鍛錬に励み、授業が終わった後も休日もどこにも行かずに鍛錬と勉強に励んでいる。

おかげで手は血マメだらけ。剣を握る手に巻いた包帯は、朝替えたばかりだというのにもう血が滲《にじ》んでいた。その手を握りしめ、これだけやってから悔しがってみろと、心の中で同級生たちに悪態を吐く。

ランドリア王立貴族学校は王都レノヴァにある、貴族や特権階級が通う学校で、十一歳から十八歳までの男子達が通っている。

十三歳になると、帝国騎士団を目指す騎士科に進むか文官を目指す普通科に進むか選ぶことが出来る。フィーノは本当は騎士なりたかったが、文官の道に進むことが父によって決められていた。

文官の方が、何かと政治的に利用しやすく同性婚の際に重宝されるからだ。

体の弱い母が命を賭《か》けて難産の末生まれてきたフィーノは、幼い頃虚弱体質で体の発育も遅かった。

今はもう風邪《かぜ》一つ引かない丈夫な体になったが、十二歳になっても同世代の子供達よりもずっと華奢《きゃしゃ》だった。

薄紫の大きな目に整った鼻筋、ぽってりとした小さな唇の可愛らしい顔立ちと相まって、男子生徒しかいない学校ではまるで女の子のような扱いを受けていた。

汗まみれになった服を脱いで水浴びをしていると同級生達がジロジロと見つめていることに気付いた。見た所、全員自分と同じ下級貴族だ。

「……なんだよ？」

「なあ、今日俺達の部屋に遊びに来ないか？」

「なんのために？」

「お前もそろそろそういうのに興味あるお年頃だろ。今の内に練習しておけよ」

あまりにくだらない内容に、話をする気にもなれずにいるとそのうちの一人がフィーノの肩に手を回して顔を近づけた。

「そんな女みたいな可愛い顔してさ、お前のお父様もソレ用に学校に送り込んでんだろ？　気に入ったら、配偶者に貰《もら》ってやるから……ぐあああっ」

尻《しり》に伸ばされた手を払いのけ、思い切り股間《こかん》に蹴《け》りを食らわせる。

気色の悪い奴《やつ》らだ。思春期に異性に飢えた者達が閉鎖空間に閉じ込められているせいか、性欲を同性にまで向けているらしい。

フィーノは未《いま》だに苦しみもがいている同級生を冷たい目で一瞥《いちべつ》した。

「貰ってやる？　笑わせんなよ。お前らみたいな雑魚《ざこ》貴族に貰われたところでなんの得にもならないだろ」

「な……っ」

「悪いな。自分より上の奴にしか体は売るなってお父様から言われてるんだ」

そのまま振り返りもせずに服を着て、背を向けて歩き出すと憤慨したような声が聞こえてきた。

「自分だって男爵の三男の雑魚貴族のくせにお高く留まりやがって。あいつ、ほんとむかつく奴」

「まあいいさ。どうせあれは成長したらダメになるタイプだぜ。俺には分かる」

「婚約した時は可愛いかったのが、結婚した時にはゴツくなってるとか、一番最悪だもんな」

むしろ早くそうなりたいと、内心フィーノは思った。

華奢で少女めいた風貌《ふうぼう》は上流貴族への捧《ささ》げものとして政治的な利用価値があると父は思っているらしい。貴族学校に入ったら、とにかく自分より上の身分の者達に気に入られるようにと言われていた。

のようだ。

フィーノは〝配偶者〟になどなるのは御免だった。何をするにも〝主人〟の許可がいるなんて奴隷のようだ。

だから早くこの体を鍛えて、同性婚にはとても使えないと父に思われるような体つきになりたい。政略結婚の道具にされるなんてまっぴらだ。

――強くなれ、さすれば自由に生きていける。

フィーノが幼い頃からずっと大事にしている憧れの英雄の言葉だ。

古代シュレナで命を賭けて幼い王子を守り抜いた偉大なる魔法使いベルミリオ。

フィーノは彼に憧れており、強くなるためならどんな努力も欠かさずにいる。

文官になると決まっていても、鍛錬だけは欠かさなかった。

実際、この学校に入ってから何度か危ない目に遭ったこともあったが、日々の鍛錬のおかげで複数人で来られても撃退することが出来た。強くなれば大概の問題を一人で解決できると、フィーノは信じていた。

水浴びを終えて真新しい服に着替えると、そこで校舎の鐘が鳴り、ハッとする。

(馬鹿共の相手をしてたら遅くなった)

フィーノは心の中でそう毒づくと、慌てて走って対戦場へと向かった。

騎士科の上級生たちの訓練は、ほぼ実戦と変わらない模擬対戦が多い。

勉強のためだと出来る限り見るようにしているが、この模擬対戦観戦はフィーノにとっての唯一の楽しみでもあった。

今日は学校一の腕と評判のリナルド・アドルナートの対戦だ。

リナルドは長身だが、さほどガタイがいいという訳でもない。比較的細身の見た目からは想像も付かないような華麗な剣さばきで、どんな巨漢が束になってかかっても誰一人太刀打《たちう》ち出来ない。あの鮮やかな剣技にはいつも胸が痺《しび》れた。

いつかあんな風になるんだと目標にして、模擬対戦がある度に見に行き、隙あらば練習風景も見に行くぐらいには、彼の剣技に憧れて追っかけをしていた。

子供の頃から、フィーノは古代シュレナ帝国の伝記を読むのが大好きで、そこに出てくる騎士や魔法使いに憧れていた。

リナルドの模擬対戦は全部欠かさず見るようにしていて、各対戦の勝敗もどんな技でどんな風に勝利したか記録している。勝率は常に百戦百勝だが、勝因についても細かく分析していた。

今日もいつものようにメモを取りながら試合を見ていたが、やがて相手が追いつめられてくると、次第にペンを動かすのも忘れて見入ってしまう。

「いっけ――!!　そこだ――!!　やっちまえ――!!」

思わず大声を張り上げて応援していると、リナルドの剣が相手の剣を弾《はじ》き飛ばし、目にもとまらぬ速さで相手の喉《のど》に切っ先を突き付けた。

「勝負あり！」

試合終了だ。今回も鮮やかな勝利。

夢中になって拍手していると、隣から視線を感じた。同室のシモーネが驚いたような顔でこちらを見ている。

「うわっ」

(最悪だ……なんでいるんだよ……)

慌ててフードを目深にかぶって顔を隠した。

「フィ、フィーノくんもこういう試合で興奮すること、あるんだね」

「……」

「ご、ごめん怒った？」

「別に」

シモーネはぼんやりとしているが伯爵家の子供なので、あまり邪険には出来ない。ボソボソ返事をすると、彼はホッとした様子で笑った。

「かっこいいよねえリナルド様。剣技すごいし……ああでも、すごく怖いって噂《うわさ》だけど……」

「怖い？」

喋《しゃべ》ったことがないから彼の人となりは分からなかった。友達もいないし、噂話の類いを聞く機会もない。フィーノが惚《ほ》れ込《こ》んでいるのは彼の華麗な剣技だけだ。

「うん。出来の悪い子にはすごく怖いって……だから僕、ちょっと苦手なんだ」

「そりゃ、出来ない奴に厳しくするのは当然だろ」

「うう……」

シモーネのことだからきっと怖いと厳しいをはき違えているのだろうと呆《あき》れていると、彼が不意に「あっ」と演習場を指さした。

何事だろうと目を向けると、試合を終えたリナルドに、麦色の髪の美しい青年が近づいて、汗を拭《ふ》く布を渡した。途端に、観客席から野太い悲鳴が上がる。

「ミカエル様だ。今日もお美しい。天使のようだなぁ」

シモーネは両手を組んでキラキラと目を輝かせた。

――やっぱり、この学校の〝姫〟はミカエル様だけだなぁ。十五歳になってもまだこの変わらない可憐《かれん》さ。それどころか磨きがかかっている。フィーノみたいに性悪じゃないどころか、天使のようだ。

――フィーノが可愛いのは今だけだろ。性格の悪さが顔に出ている。

後ろから他の学生の話し声が聞こえてくると、シモーネは少し気まずげに眉《まゆ》を寄せる。

「ぼっ、僕はフィーノくんも可愛いと思うよ」

「別に全く気にしてないが」

心底どうでもいいが、いちいちミカエルの引き合いに出されるのは御免だった。

リナルドと同学年のミカエル＝セラフィーノはほっそりとした体軀《たいく》にどんな令嬢よりも美しいとされる女性的な顔立ちの美しい少年だ。セラフィーノ家は慈善活動家としても有名で、ミカエル自身もまた孤児の保護に力を入れており、校内でも天使のように優しいと言われている。そのほっそりとした体からは想像もつかないほど剣の腕も立ち、リナルドには及ばないものの学園内では三本の指に入る剣技で、帝国騎士団に入ることが決定しているという。

「このあいだ転んだ時も、大丈夫？　って声かけてくれたんだ」

そういえばフィーノも、入学したてで迷子になっていたときにミカエルがわざわざ寮まで連れていってくれたことを思い出した。

「ねえ知ってる？　リナルド様とミカエル様って愛し合ってるんだって」

「……え、リナルド様って男が好きなのか？」

噂話には極力乗らないようにしているが、推し剣士の話になるとさすがに気になった。

「そんなことはないと思うよ。むしろそういうの嫌いみたい。でもどっちにしろ帝国騎士団に入るなら女の人と結婚は出来ないし、何より……」

シモーネはそこで一層、つぶらな瞳《ひとみ》をキラキラと輝かせた。

「ミカエル様なら男でも全然よくない？」

「そうか？」

確かに綺麗《きれい》だが、だからといってどうこうなりたいとは全く思わない。

「まあフィーノくんは、硬派だもんね」

かっこいいなぁとシモーネは腕組みをして頷《うなず》く。

「でもね、家同士がすごく仲が悪いから結婚は出来ないんじゃないかって……貧民保護や慈善活動に力を入れているセラフィーノ家と芸術家の保護に湯水のように金を使っているアドルナート家は対照的な存在だからものすごく仲が悪いんだよ。本人たちは想い合ってるのに家同士が仲悪いって、それもなんか、物語的だよねえ。ああほら見てみなよ。王子と姫って感じで素敵だよね」

確かにこの距離から見ると、そう見えなくもないと思いながらぼんやりと見ていると、リナルドが不意に顔を上げた。

ばちっと音がしそうなほどはっきりと視線が交わり、フィーノは慌てて顔を逸《そ》らせた。

模擬対戦の度に毎回欠かさず、必ず一番前で見に来ているから、さすがに不審に思われているかもしれない。慌てて立ち上がり、その場を立ち去った。

「あっ、ちょ、フィーノくん⁉」

急にその場から逃げ出したフィーノに、シモーネは驚いているようだが、構わず走って逃げた。

「はぁ……はぁ……」

競技場から離れた場所で立ち止まり、近くの木に身をもたせかけた。

今度からもう少し後方に座ろう。

そう思いながら寮に戻ろうとした時、「おい」と声をかけられた。振り返ると、そこにはリナルドが立っており、フィーノは目を見張る。

初めて間近で見るリナルドのその相貌《そうぼう》に驚く。白皙《はくせき》の肌に、プラチナブロンド、薄緑の瞳。少し怖いぐらいに整っているが、それ故に冷たい印象があった。

「……なんでしょうか」

動揺を抑えて冷静に聞き返すと、リナルドは無表情のまま聞いてきた。

「いつも見に来ているな」

やっぱりバレていたと気まずく思いながら、思わず目を逸らす。

「試合に興味がありまして」

ミカエルのおっかけのような浮ついた者たちと一緒にしてほしくはないと思いながら言い切ると、リナルドは「分かっている」とポケットの中を漁《あさ》って何かを取り出した。

「落とし物だ」

見せられたのはリナルドの試合の全てを記録した小さなノートで、げえッと声が出そうになった。よりによってこんなものを本人に見られるとは、最悪だ。

するとリナルドは少しの間を置いて言った。

「なかなかの分析力だ」

「え？」

「良い文官になりそうだな」

「は……」

文官になれと言われ続けていたが、そんな風に褒められたことは初めてで驚いてしまった。そのまま立ち去ろうとする彼に、フィーノは思い切って声を掛けた。

「……お、俺は、文官ではなく本当は国や国民のために戦う英雄になりたいんです。古代シュレナの英雄達のように」

誰にも語ったことのない夢を、なぜか口にしてしまった。リナルドはそれを聞いてもニコリともしなかったが、だからと言って馬鹿にすることもなかった。

「そうか。……だが、武器を持って戦うことだけが国のために戦うことではないぞ」

それだけ言ってリナルドは立ち去って行った。それが、彼と初めて話をした時だった。


リナルドとの縁談が来たのは、それからすぐのことだった。

その日、厳格な父からの突然の呼び出しに、フィーノは叱責ではないことを祈りながら書斎に向かった。

――フィーノ。お前を〝作った〟ことをこれ以上後悔させるな。

フィーノは幼い頃からずっと父にそう言われ続けて育った。母が、フィーノを産んだ時に難産の末に亡くなったからだ。

母との思い出はないが、聡明《そうめい》で明るく、皆から慕われるとても美しい女性だったらしい。領民からも深く慕われており、亡くなったときは誰もが悲しみに暮れたという。

誰よりも母を愛していた父は、フィーノを〝作った〟ことで母を死なせたことを深く後悔していたようだ。

父にとってフィーノは愛すべき息子《むすこ》というよりも妻の命を奪った憎らしい子供であり、フィーノが勉強や剣術が上手《うま》く出来ないと、他の兄弟以上にきつく叱られた。

〝こんなもののために、妻は命を落とした〟のかと。

だからきっと、その日も何かしらの叱責だと思った。

だが父はいつものように厳しい顔をしておらずむしろ上機嫌だった。こんなに優しい笑顔を向けられたのは生まれて初めてのことだ。

「フィーノ、お前に縁談が来ている」

「……どちらの御令嬢ですか」

「令嬢ではない」

つまり、〝配偶者〟として捧《ささ》げられるのだと絶望したが、父は構わず上機嫌に続ける。

「お前は今日、初めてこの家の役に立ってくれたな」

〝役に立つ〟と父が言うのだから、それなりに相手は名門の貴族なのだろう。ブランカ家は曾祖父《そうそふ》が武勲を立てて、わずかばかりの領地と共に男爵の地位を授かった、軍人系の家柄だ。

祖父は領地の経営能力や商才に長《た》けていて莫大《ばくだい》な財を築いたが、父は昔から男爵家という家柄をひどく気にしていた。どんなに貴族として振る舞っていても、上流貴族には頭が上がらない。まだ歴史の浅い家柄ということもあり、気位が高い父は、〝成り上がり〟と呼ばれる恥辱に耐えられない。だから子供達には、格上との相手の縁談を望んでいた。

「……その、お相手は」

「アドルナート公爵家の三男、リナルド様だ」

「え？　リナルド様……!?」

驚くべき答えに、フィーノは思わず目を見開いた。まさかあのリナルドとの婚約話が舞い込むなんて思ってもみなかった。

アドルナート公爵家と言えば、現国王とは従弟同士《いとこ》の関係だ。

現公爵は貴族でありながら商業にも熱心な大富豪でもあり、莫大な富を使って若く才能に溢《あふ》れる芸術家達のパトロン活動にも熱を入れている。そんな家柄の子息がどうして男爵家のフィーノと婚約を結ぼうとするのだろう。

すると、父がその疑問に対して機嫌よく答えた。

「リナルド様がお前に興味を持って下さったようだ」

「え……？」

――良い文官になりそうだな。

ついこの間、そう褒めてもらったことを思い出した。

「三男のリナルド様は貴族学校を卒業後に帝国騎士団に入ることが決まっていてな、姫や御令嬢との婚姻が出来ないが、出来るだけ優秀な文官と繋《つな》がりを持っておきたいそうだ。今のお前の容姿なら〝配偶者〟としても申し分ないということで縁談が決まった。今後侯爵はブランカ家を支援し、社交界でも顔を利かせてくれるという約束だ」

その説明をどこか現実感なく聞きながら、ふとシモーネが言っていた言葉を思い出した。

――ねえ知ってる？　リナルド様とミカエル様って愛し合ってるんだって。

（でも、リナルド様が興味を持ってくださったっていうし……ただの噂なのだろうか）

いずれにしろ家同士の仲が悪く、彼らは愛し合っていようと結婚出来ないらしいと言われていたが、どうも引っ掛かった。

「しかし少し、早すぎるような気がします」

フィーノは未熟児で生まれ成長が遅く、今後どうなるかまだ分からない。同性婚の場合は二次性徴を終えてから結ぶことが多かった。

おそらく父もその不安は見越していて、だからこそ早くに婚約を決めたいのだと思う。

思わずそう不安を零《こぼ》すと、父は微《かす》かに苛立《いらだ》ったように眉を寄せる。

「それはお前次第だろう。いいか？　万が一にでも婚約破棄になどなってみろ。勘当にするからな」

「は、はい」

勘当という言葉にゾッとして背筋が冷えた。

この腐敗した国で、職にもついていない貴族の子供が地位を失くしたら待っているのは餓死だけだ。

昔、慈善事業の一環で、救貧院を見に行ったことがある。骨と皮だけになった細い子供達が、ゴミのような食事をむさぼる光景には恐怖を覚えた。

そして、この父の言うことが冗談ではないことは身を以《もっ》てよく知っている。

「フィーノ。お前は今日ようやくこの家の役に立ってくれた。私は初めて、お前に生まれてきてくれて良かったと思えたよ」

その言葉に胸がズキッと痛み、瞼《まぶた》が震える。

父に「フィーノが生まれてきて良かった」と思って貰《もら》いたい一心でこれまでずっと、勉強と鍛錬を頑張ってきた。

その願いは叶《かな》ったのに、なぜかその言葉を聞いた時は少し泣き出したくなった。

なぜ父の言葉にそんなにも傷ついたのか、その時は自分でも分からなかった。


それから三年後の冬休み。フィーノは実家であるブランカ家の領地へ帰ってきていた。

温暖なランドリアの中でも特に南の方で暖かく、冬でも日中はポカポカしている。

フィーノは勉強に一区切りつけると、足音を忍ばせて階下へ向かった。

午後の時間帯はメイド達も休憩中の者が多い。皆くつろいだ様子で談笑している。そんなところに当主の三男が入り込んでは休憩の邪魔になってしまうだろう。

だが、目当てのメイドは他の者達とは離れた所で一人、刺繍《ししゅう》をしており、フィーノの視線に気づくと、にっこりと笑いかけてくれた。

「あらぁ、フィーノ坊ちゃま。帰っていらしたんですか？」

刺繍する手を止めて朗らかに笑い、休憩中だというのに快く隣に座るように促してくれる。

メイドのマリアは子守りメイドで、小さい頃から世話になっていた。家族からよく思われていないフィーノにとっては、彼女はまるで母親のような存在だった。

「ああ。今日から冬休みなんだ」

するとマリアは早速瞳を輝かせた。

「でっ、どうなんです？　公爵家の御子息との交際は！　順調なんですか⁉」

声がでかいと人差し指を立てる。マリアは声がでかくて少しデリカシーに欠けるところがある。

「別に、フツー」

「フツーってなんですか」

「いや、本当にフツー。挨拶《あいさつ》ぐらいしかしないし」

婚約して三年が経《た》つが、リナルドとは最低限の付き合いだ。

宗教的に婚前交渉は避けるべきとされているし、学年も違うから学内で話す機会も少ない。晩餐会《ばんさんかい》に招かれても主に話をするのは両親同士だった。

会えば世間話程度の会話をするという、婚約前となんの変化もない日常が続いている。

ただ一つ変化があるとしたら、十五歳になったフィーノの体は、同級生達の間に入っても遜色ない標準的な体つきになっていた。

顔もまだあどけなさは残るものの可憐《かれん》さや少女めいた雰囲気は薄れて少年らしい凛々《りり》しい風貌《ふうぼう》に変わっている。

——ほら、だから言っただろ？　フィーノは成長したらダメになるってさ。

——遊びで手を付けなくて良かったよ。後悔するところだった。

——リナルド様もお気の毒だ。

同級生達からはそんな風に言われる機会も増えていたが、今のところリナルドからは特に何も言われていない。どう思われているかも分からないぐらい付き合いが希薄なため、それはそれで不安だったが。

「大体、貴族同士の政略結婚……それも、男同士の結婚だぜ？　交際もなにもないだろ」

「そんなことはないですよ。一生を共にすることには変わりないんですから、愛し合わないと」

「愛し合うとか、意味ないだろそんなの」

するとマリアは少しムッとした顔をして言った。

「ねえ坊ちゃま。坊ちゃまは小さい頃、シュレナの英雄に憧《あこが》れていましたよね？　〝最強の男〟になるとか言って、私が止《や》めるように言っても木の棒振り回して魔法使いごっこだとか剣士ごっこだとか毎日やってましたよね」

「お、覚えてねえよそんなの」

「私はよーく覚えてますよ。〝その話三十回目ですよ〟ってやんわり言っても全然止めないんですから。全然興味ないのに、シュレナ戦記の英雄達の名台詞《めいぜりふ》、全部覚えちゃいましたよ。〝強くなれ、さすれば自由に生きられる〟……ってゼノスの言葉でしたっけ？」

「それは師匠のベルミリオの台詞だよ。それが一体なんなんだ」

するとマリアはにっこりと笑った。

「強くなりたいなら、愛は〝最強〟なんですよ」

「最強？」

どこがと首を傾《かし》げると、マリアは自分の顔を指差した。

「私ね、若い頃物凄《ものすご》く美人だったじゃないですか」

「いや、知らん」

娘時代の彼女を見たことはない。が、確かに今でも若かりし頃美人だったと思える面影は残っている。背が高く、鼻筋の通った華やかな顔立ちだ。

「とにかく、縁談が選《よ》り取《ど》り見取りでね。富豪、そこそこの金持ち、病弱、無職、ど貧乏とあらゆる種類の男から求婚されたんですが、フィーノ様はこの中だったら誰と結婚したいですか？」

「富豪」

「ですよねえ。ですが、私が結婚したのは病弱で無職でど貧乏な男でした」

「えええ……なんでだよ」

「顔が一番良かったのと、一番〝好き〟だなあって思えたからです。この男のためなら苦労しても後悔はしないかなって……早い話が、その男を愛してたんですよ」

マリアは刺繡の続きを始めた。

「結婚してみたらまあ、想像以上の苦労でした。本当に辛《つら》くて、過酷で……でもどうにか頑張りましたよ。でね、そのとき思ったんです。〝愛〟って本当に強い感情だなって。相手への愛があれば、大抵の困難は乗り切れちゃうんだなって自分でもびっくりしました。この人と一緒にいたら損をするとか得をするとか、そんな損得勘定も理屈も全部凌駕《りようが》する圧倒的に強い感情が愛なんですよ」

歌うように話しながら、マリアは手を動かし続ける。まるで花を咲かせるように、綺麗《きれい》な縫い目が白い布地に浮かんでいく。

「ですから、一生を共にする相手を愛せることって最強なんです。お貴族様の結婚事情は知りませんが、人生を共にするなら相手を愛せるに越したことはないです。お金があったってどんな苦労が待ち受けてるか分からないんですから」

マリアがあまりにも自信満々に言うので、フィーノは気圧《けお》されたように納得してしまった。

自分でもまだ、リナルドのことを愛しているのかどうかわからない。そういう次元ではないような気がした。

本当は、もう少し仲良くなりたいと思っていた。彼は、フィーノの憧れの剣士で、フィーノに興味を持って婚約を申し込んでくれたというのだから。

だが一方で、怖くもあった。家族や領民からもよく思われていないような自分が、リナルドに好かれるのだろうかと。

思い悩むフィーノに、マリアは自分が刺している見事な刺繍を掲げて見せた。

「ねえ、フィーノ様もプリディーヴァに刺繍を贈ってみたらいかがですか？」

「は、はぁ？」

何を言い出すんだと頬が赤くなる。

「プリディーヴァって女が男に刺繍渡すやつだろ。俺が贈ったら変だ」

春を讃《たた》える祭り、プリディーヴァは古代シュレナから続く恒例の祭りで、街中がたくさんの花で美しく彩られる。いつの頃からの慣習か分からないが、この祭りのさなかに恋人同士や夫婦間で刺繍を贈るというのが慣例となっている。

マリアは毎年、プリディーヴァに夫に贈るために、冬から春にかけてたくさんの刺繍をしている。

「まあ。何が変なんですか？　刺繍は、強くなるための修行なんですよ」

「刺繍のどこが強くなるための修行なんだよ」

「愛を深める修行です」

「……よくわからない。なんで刺繍で夫婦愛が深まるんだ？　ハンカチなんて、刺繍があってもなくても用途は変わらないだろ」

「まぁなんてロマンの分からない方なんでしょう。絶対に御令嬢からモテませんね」

「御令嬢との結婚予定はないから別にいい」

するとマリアはそれもそうかと再び手元に視線を落として刺繍を撫《な》でた。

「ほら見てくださいこれ。見事で、綺麗でしょう？」

「……まあ、綺麗だけど」

鮮やかな手つきで刺された花々は、確かに見惚《みと》れてしまうほど美しかった。

「夫はね、毎年これを贈るとすごく喜んでくれるんです。その顔を見ると、日頃の苦労なんて吹っ飛ぶんですよ。相手の喜ぶ顔が見たい。そう思いながら一針一針刺すことで、相手への愛が深まるんです。だからこれは強くなるための鍛錬なんですよ」

マリアはそう言い切って糸切りばさみをパチンと鳴らした。その仕草が、なんだか無性にかっこよく思えた。

そしてリナルドの喜ぶ顔を思い浮かべようとした。だが、上手《うま》く想像できない。笑った顔を見たことがない。

だからこそ一度、心からの笑顔を見てみたいと思った。

「俺にも……出来るものなのか？」

「え？」

「その……俺も……修行っていうならしてみたいから、教えて欲しい」

恥ずかしくなってそっぽを向くと、マリアは少し驚いたように刺繍する手を止めた。

そしてすぐに嬉《うれ》しそうに破顔して頷《うなず》いてくれた。

「まあ！　フィーノ坊ちゃまに刺繍を教える日が来るなんて！」

「しっ、声がでかいんだよ！」

とはいえ、針も糸も持ったことのない自分に刺繍など出来るのだろうか。春のプリディーヴァは間近に迫っているのだ。

するとマリアは刺繍を置いて、フィーノの手をそっと両手で包んだ。

「大丈夫ですよ。先ほども言いましたが、上手いとか下手《へた》とかではなく、一針一針に想いを込めて刺す事が大切なのですから」

それから冬休みの間は毎日、フィーノはマリアに習って刺繍の猛特訓をした。何度も指先を針で刺してしまい、刺し傷をいくつも作りかなり難航していたがマリアは仕事の合間を縫って優しく教えてくれた。

もちろん、公爵家の婚約者としてふさわしい成績を保ち続けるためには、勉強時間も欠かすことはできない。

削れる時間と言ったら睡眠時間ぐらいだ。うつらうつらしながら刺繍をしていると、不意に腕を摑《つか》まれて揺すられた。

「坊ちゃま。針を持っている最中に寝ては危ないですわ」

「……悪い」

「お疲れでしょう。毎晩明け方まで明かりが付いているとメイド達が言ってました」

「だってこんな……いつまでも上達しないし……」

そう言いながら、細かい布目を見ていると抗《あらが》いがたい眠気が込み上げてくる。

プリディーヴァで贈られる刺繍の図案にはいくつか種類がある。マリアのように美しい花を刺繍することもあれば魔除《まよ》けやお守りのようなメッセージ性を込めた抽象的な図案もある。フィーノは、悩んだ末に、〝愛〟を現す抽象的な模様の図案にすることにした。布目は汚くどう頑張ってもみすぼらしい。

「最初に比べたら随分よくなったと思います。坊ちゃまは、お相手のことを大切にしたいと思ってらっしゃるんですね」

どうなのだろうか。まだ分からない。でも、分かりたいと思っている。一針一針刺す度に、喜ぶ顔を想像して嬉しくなってくる。

「……なあ、マリア」

「どうしました?」

眠くて、ウトウトとした不明瞭《めいりょう》な思考の中で呟《つぶや》いた。

「リナルド……俺の婚約者さ、剣技がすごくかっこよくて……。シュレナの英雄みたいなんだ」

「まあ。坊ちゃまにはぴったりですわね」

「ああ。ずっと憧れだったんだ。いつも試合を楽しみにしてた。俺さ……俺、なんでなのかは分からないけど、リナルド様から婚約を申し込んで貰《もら》えて嬉しかったんだ。お父様からも、兄さま達からも、学校の奴《やつ》らからも嫌われてる俺を選んでくれたのが嬉しかった。……だから、絶対仲良くなりたい」

「坊ちゃま……」

「リナルド、喜んでくれるだろうか」

「ええ、きっと」

髪を優しく撫でながら、マリアが微笑《ほほえ》んだ。


冬休みが終わって学校に戻っても、フィーノはコソコソと刺繍を続けた。同級生達にはこんなの、絶対に見られたくない。

マリアの言う事には納得したが、やはり男が刺繍をするというのにはひどく抵抗がある。それも、三年前までの可憐《かれん》な少女の見た目ならともかく、今はもう少年のそれだ。

それでも一日たりとも休むことなく刺し続け、どうにかプリディーヴァの当日の朝までかかって終わらせた。

「出来た！」

綺麗な紙で包んでリボンをかけると、フィーノは緊張気味にリナルドの部屋へと向かった。

どうせなら外で渡したい。大概、夕暮れ時、街灯に火が灯《とも》ってからの少し雰囲気のある時間帯に贈り合うことが多い。ついでに少し祭りを見て回ろうと誘おうかと思った。

今日は授業は一日休みで、日が暮れるまでは自由に町を出歩ける。

フィーノはいつもこの祭りに参加したことがなく、例年部屋で勉強をして過ごしていたが、今年はせっかく贈り物をするのだからとリナルドを誘おうかと思っていた。

上級生の部屋に向かうと、後ろ手に贈り物を隠しながら緊張気味にノックする。

婚約者だというのに、彼の部屋には入ったことがない。ノックから程なくして、リナルドが顔を出した。

(良かった、いた)

ホッと胸を撫でおろすと、リナルドがこちらの顔を見て微《かす》かに顔を顰《しか》めた。

「……何か用か」

「いや、その……」

一緒に祭りに出かけようなんてとても言えない雰囲気に怖《お》じ気《け》づいていると、リナルドは辺りを見回した後に溜息《ためいき》を吐《つ》き、ドアを開けた。

「入れ」

部屋に招き入れられ、緊張気味に入る。

最上級学年の部屋というのはこんなにも豪華なのかと場違いなことを考えていると、ふと、部屋の隅に置かれたテーブルのクロスに、見事な金糸の刺繍が施されているのが目に入った。

その壮麗な美しさに、思わず目を奪われる。

そういえば、アドルナート家は領地内でも繊維業や毛織物業が盛んで、絨毯《じゅうたん》やタペストリーなどの工芸品の生産に力を入れていると聞いたことがある。

普段からこんなに美しい刺繍に見慣れているとしたら、付け焼き刃の刺繍を渡すのが急に恥ずかしくなってきた。

でも冬休みからずっと、慣れないことをチクチクとやっていたのだ。今更渡さない訳にも行かない。

「それで、何の用だ？」

そう促されると、フィーノは覚悟を決めて背中に隠していた贈り物をズイッと差し出した。

「今日はプリディーヴァなので、あまり、得意じゃないのですが……」

リナルドは包み紙を開けると、微かに目を見開いた。その後に顔を上げ、こちらを見て笑った。

ああよかった。喜んでくれたと瞼《まぶた》が熱くなったが、その時、彼の手は包み紙ごとハンカチを手離した。

「あっ」と声を上げるまもなく、それは燃えさかる暖炉の中へと落ちる。慌てて取ろうとするが、火が怖くて近寄ることが出来ない。

シルクのリボンに火が燃え移ったのを呆然《ぼうぜん》と見つめていると、リナルドが低い声で言った。

「こんな出来の悪いものを俺に贈って喜ぶとでも思ったか？　何の意味がある？　なんの役に立つ？」

冷静な声に、何も答えられなかった。そうだ。確かに何の意味もない、一方的な贈り物だ。リナルドが自分を選んでくれたことが嬉しかったから、フィーノは彼を愛したいと思った。この冬休みの間、喜ぶ顔を思い描きながら刺した一針一針が、呆気《あっけ》なく燃えていく。

「今後、こういう無意味な物を贈るのはやめろ」

言葉も出ずに呆然《ぼうぜん》としているフィーノに、リナルドの冷たい声は続いた。

「……お前のことは、手に入れられないミカエルの代わりになればと婚約を申し込んだんだ」

「……え？」

握りしめていた拳《こぶし》が驚きのあまり無意識に緩む。

「だがお前は、成長するにつれ日に日に似ても似つかない有様になっている。その生意気で、人を不快にさせる性格も好きになれん」

言われたことが頭に入って来ずしばらくの間立ち尽くした。

日頃から、周りによく言われている言葉だ。フィーノは成長したらダメになる。性悪で可愛げがないと。

そんなこと、これまでいくら言われてもどうでも良かった。彼等《かれら》に好かれたいとも思っていなかったからだ。だが、今後の人生を共に歩む結婚相手には、決して言われたくない言葉だった。

「婚約破棄したいぐらいだ」

その言葉にゾッとして、フィーノは反射的に顔を上げた。そんなことをされたら勘当されてしまう。

「……ま、待ってくれ。俺と婚約破棄したからって、ミカエル様と結婚は出来ないでしょう」

アドルナート家とセラフィーノ家は政敵で、犬猿の仲だ。

「ああ。だがだからと言ってお前と結婚する意味もない。俺がお前と婚約をしたのは、幼い頃のお前がミカエルに似ていた。ただそれだけだ。それがなくなった今、お前になんの価値もない」

「そんな、ことは……」

成長して思うようにならなかったとはいえ、この三年間フィーノは彼の婚約者として出来る限りのことはしてきたつもりだった。

成績も、常に一位を守り続けてきたし、身なりにも気を付けてきた。なんの価値もないという言葉に、カッと怒りとも悲しみともつかない感情が腹の底から湧き上がって手が震えた。

「これが感情を抜きにした結婚ならば、互いの利害関係が一致する必要がある。お前は私と結婚して得るものは多いだろう。だが、こちらはどうだ？　お前と結婚して、得られるものがあるのか」

「ブランカ家の……」

「ブランカ家程度の家なら、他にもある」

リナルドの言う通り、父も驚いていたぐらいだ。同性婚と言っても他にもいい条件のものはあっただろうに、不釣り合いな結婚だったと思う。

しばらく呆然とリナルドを見つめていたが、彼の表情は変わらない。

外でプリディーヴァの祭りが始まったのか、祝砲の音がした。道行く人達の笑い声も聞こえる。手を震わせて項垂《うなだ》れているフィーノの頭上で、リナルドが静かに言った。

「お前自身に価値はない。配偶者として愛することは出来ない。婚約破棄に同意しないというなら……

せいぜい、他の方法で役に立つように考えろ」

揺れる炎をぼんやりと見つめながら、頬に流れる涙を手の甲で拭《ぬぐ》い、フィーノは静かに頷いた。

■1章―④

目を覚ますと、頭が割れそうに痛んだ。

(すごく嫌な夢を見た気がする)

昨日の記憶は全体的にひどく曖昧《あいまい》だったが、リナルドの危篤の報《しら》せを受けてこの屋敷に来たのは確かだ。その後、ほぼ死んでいたはずのリナルドが生き返ってそして……。

昼のひんやりとした感触を思い出して思わず口を押さえる。リナルドが自分にあんなことをするはずがない。

(そうだ……リナルドは?)

慌てて身を起こそうとするが、なぜか体を起こせない。最初は金縛りかと思ったが、そうではなく、包帯を巻いた誰かの腕に抱き寄せられているのに気付いた。

「……ん?」

そのまま顔を横に向けて驚いた。まるで彫像のように美しいリナルドの寝顔がすぐ目の前にあったからだ。

「は、はぁっ!?」

悲鳴を上げて飛び起きると、「痛いっ」という小さな悲鳴が上がった。リナルドがもぞりと体を動かし眠そうに目を開けた。

「なっ、なっ……え？」

状況が分からず、フィーノは混乱していた。なぜリナルドと一緒の布団で寝ているのか。どうして抱きしめられているのか分からない。

「目覚めたんだな。おはよう」

「なっ、なんなんだ⁉　離せ、離して、くだ……っ」

腕の中で必死にもがくが、リナルドの右腕でがっちりと捕まえられていて抜け出せない。

「挨拶《あいさつ》を返すのは礼儀だと、いつも口を酸っぱくして言ってたのは誰だ？」

（な、なんだ？　なんの話だ？）

訳が分からずにひたすら恐怖しながら、ズキズキとする頭を押さえる。

「倒れたのは極度の過労だと医師が言っていたぞ。私もこっちの腕は打撲ぐらいだが、左腕と両足がバキバキに折れて腹にいくつも穴が空いていて、正直生きてるのが不思議な状態らしい。当面は私と一緒にベッドで療養しよう」

ギュッと抱きしめる右腕に力を込められる。

（私……？）

口調も全然違う。混乱したまま固まっていると、リナルドがこちらの目をじっと見つめてきた。

「本当に……同じ色だ」

「え？」

「私の目を見て何か思い出さないか？」

「は？」

訳が分からずに怪訝《けげん》な目で見返すと、リナルドは微かに瞳《ひとみ》を震わせてしょんぼりと肩を落とした。

「そうか。思い出せないか。でももしかしたら、何かきっかけがあればきっと……」

ブツブツと何か訳の分からないことを呟《つぶや》いているリナルドに、フィーノはやはりまだ、悪い夢の続きなのではないかと腕を抓《つね》ってみると、確かに痛い。

どうにか身を起こしてみると、鏡に映った自分の姿にギョッとした。

昨日、仕事着のまま慌てて帰ってきてそのまま倒れてしまったが、わざわざ着替えさせられていたようで、己に全く似つかわしくないひらひらとした白いネグリジェを着せられている。

(なっ、なんなんだこのふざけた服は……っ)

慌ててその場で脱ぎ捨てて半裸になると、隣で寝ていたリナルドがギョッとして片手で目を隠した。

「そんな……まだこっちは動けないのに大胆な」

(何言ってるんだ……⁉)

おかしい。明らかに様子がおかしい。怖い。そう思っていたとき、部屋のドアが開いて医師が入ってきた。

「お目覚めですか？　お加減はいかがですか」

「お、俺は何も問題はない」

「そうですか。しかしまだ顔色が悪いようだ。あと一週間は仕事を休んでよく休まないと」

「一週間なんて休めるか！　いや、それよりも……」

隣のリナルドの方に視線を向けると、医師は布で汗を拭《ふ》きながら小声で言った。

「おそらく、事故のショックで……記憶の混濁が見られるようです」

「記憶の……混濁？」

信じられずにちらりとリナルドを見ると、彼はあっけらかんとした様子で言った。

「誰がどういう立場の人かっていうのは分かる。だが、具体的なことが思い出せないんだ。……あ、でも、あなたが私の愛する妻だってことは分かるぞ」

にこにこと笑い、リナルドがフィーノの頰を愛《いと》おしそうに撫《な》でる。

「はぁ……？」

――、ルっ！　やっとだ、やっと会えた……っ！

昨日の夜、目を覚ましたリナルドがそう言っていたことを思い出して恐る恐る言った。

「……その、ミカエル様と俺で、記憶を混同していませんか」

それなら多少は辻褄《つじつま》が会う。ミカエルの前ではこういう感じだったのかもしれない。だがリナルドは「うーん」と唸《うな》って目を瞑《つぶ》り、顎《あご》に手を当てた。

「ミカエル？　……ああ……伯爵家の。いや、間違えてないぞ。フィーノと全く似てないじゃないか」

それはそうだ。似ても似つかない。だが、あれだけ熱烈に愛していたミカエルとのことをよく覚えていない様子なのには驚いた。

「そうだ。余所余所《よそよそ》しいから敬語なんて使わないでくれ」

「ええ？　いや、そういう訳には……」

そっちこそなんなんだその喋《しゃべ》り方は。鳥肌が立ちそうだと思うが、恐ろしくて言い出せない。この豹変《ひょうへん》は何かの罠《わな》なのではないかと思わずにはいられない。

「いやだ。私のことはもっとぞんざいに扱ってくれないとな」

唖然《あぜん》としているフィーノに、さらにリナルドは続けた。

「せっかく夫夫《ふうふ》になれたのだ。今世は命の続く限り愛し合おう。絶対に幸せにする」

その言葉に、フィーノはブチッと何かが切れるような感覚がした。混乱をきたしていた頭を覆い尽くすような怒りが湧き、わなわなと手が震える。何が記憶の混濁だ。今更、何が愛し合おうだ。もう、後でどうなっても構わないと思うぐらいには、怒りで頭がいっぱいだった。

「フィーノ？」

「……本当に何もかも忘れたなら教えてやる」

「え？」

「俺たちが夫夫っていうのはあくまで立場上のことだ。俺は、お前と馴《な》れ合うつもりは一切ない」

過去に言われた言葉を返すようにして立ち上がる。リナルドの形の良い瞳が驚きに見開かれた。

「なっ……どこに行く！　まだ寝てないと駄目だと医者に言われただろう。というか、服！　服を着ろ！」

リナルドが満身創痍《まんしんそうい》なのは本当らしく、彼はベッドからどうしても起き上がれないようだった。

呼び止める声を無視して上半身裸のまま廊下に出る。「きゃっ」と声を上げるメイド達を無視して執事を呼び止める。

「俺の服と、仕事用の鞄《かばん》を用意してくれ！」

「しかし、旦那《だんな》様は医師の許可が出るまでは仕事着と鞄を渡さないようにと……」

「なっ……、じゃあ、何でもいいから服だけでも用意してくれ」

すると執事は仕方ないというように溜息《ためいき》を吐《つ》き、シンプルなシャツとズボンを用意してくれた。それに着替えるとフィーノは屋敷を出て、王都行きの馬車へと飛び乗った。

馬車に揺られながら、リナルドの豹変を思い出し、動揺と衝撃に激しい鼓動を立てる心臓を押さえつける。

事故のショックで全てを忘れた。そんな風に言われても信じられる訳がない。

仮に本当だったとしても、これまでのことは忘れられない。された方は一生の傷となって残るのだ。

■2章―①

鞄も返してもらったので、城へ向かう馬車の中で仕事をこなすいつも通りの朝。先ほどまで自分の目で見ていた光景が信じられずにいた。

（あれは一体なんだったんだろう）

リナルドが自分に笑顔を向け、愛してると言いながら抱きしめ、キスをした。その全てが異常なことで、処理しきれず酔いそうになって慌てて首を横に振った。

記憶喪失と言ってもきっと一時的なものだろうし、すぐ元に戻るだろう。

一命を取り留めたどころか、元気に喋っていた。あの状態から急変することはないだろうし、あとは医者がなんとかすること。

自分はいつも通り仕事をこなすのみだ。自分の人生にリナルドは関係ない。

フィーノは書類上で無心にペンを走らせながらそう思っていた。

執務室に入ると、一日休んでいただけで自分の席の上には山のような書類が積まれていた。まるでゴミ捨て場のようだ。

（たった一日でこれか）

医師の言うように連日の過労が体を蝕《むしば》んでいるようで、すこぶる体調が悪かった。

「ね、ねえ。フィーノくん。リナルド様大丈夫なの？」

シモーネが真っ先に駆け寄ってきて声をかけてきたので無言で頷《うなず》いた。リナルドが一時意識不明の重体だったという話は、すでに城内を駆け巡っていたようだ。他の面々も皆、口々に何か囁《ささや》き合いながらフィーノの方を見ている。

——崖下《がけした》に落ちて、木の枝に腹を貫かれた状態だったそうだ。

——よく助かったな
——本当はもう亡くなっているが、伏せているという話もあるぞ。それぐらいひどい怪我《けが》だったらしい。

フィーノ自身、駆け付けた時はもう助からないと思っていたが、まるで魔法のように彼は回復した。未《いま》だにそれが信じられない。

「……お前の御主人、一命を取り留めたみたいで良かったな」

カロージオの声を聴いた途端、胃にギリッと痛みが走る。

「死んでたら、ここの席はなくなってたかもしれん」

フィーノが宮廷文官になれたのは、アドルナート家の威光のおかげとでも言いたげだった。

そんなはずはない。アドルナート家はブランカ家に対して支援をすることはあっても、リナルドがフィーノ個人の味方になってくれたことは一度もなかった。

むしろ不仲が知れ渡っているから、他の文官たちも皆フィーノに対してぞんざいな態度を取っても構わないと思っている節があった。

「ああそうだ。お前に頼みたい仕事がある」

「……なんでしょうか」

この書類の山にまだ追加する気かと心の中で溜息を吐く。

「地下書庫の管理をお前に頼みたい。目録の数と実際の蔵書数に相違がないか確認しろ。一カ月以内にな」

そうして投げつけるように渡されたのは、ごつごつとした大きなカギだった。装飾部分には「地下書庫」と彫られている。

「前任者の役立たずが失踪《しっそう》してしまったからな」

「……その管理は、さすがに私の担当外かと」

フィーノが担当しているのは今現在の政治に使用される重要書類の作成や管理が中心で、地下書庫にあるのは古代シュレナ帝国時代の王室に関する古文書のようなものだ。

もう誰も読まない古文書の管理など、建て前だけの仕事のようなものだ。どうしてそんな誰にでもやれる仕事を、この中で一番仕事をしている自分にやらせようとするのか。

一年前まで地下書庫の管理は、長いこと前任者のジルドという男が担当していた。

ジルドは伯爵家で血筋はいいものの大人しく気弱で、実家との折り合いも悪かった。そのため、実質後ろ盾もない状態で周りからいいようにこき使われていたらしい。そのうちに心を病み、地下へ追いやられた。地下書庫の管理はいわゆる、〝どこにも行き場がない者〟のやる仕事だ。

彼は来る日も来る日も地下に籠《こ》もっていた。フィーノもほとんど見かけたことはなかったが、一度だけ見たときには青白い生気のない顔をしていた。

そして去年の冬、彼は忽然《こつぜん》と姿を消した。伯爵家も彼の失踪を気にかけず、発覚したのは春になってからのことだった。

一年も放置していた仕事を、この忙しい最中に押し付けてくるのは、嫌がらせ目的としか思えない。そして隈《くま》の滲《にじ》んだ目で抗議を込めて思わず見上げると、カロージオは嫌な笑みを浮かべて言った。

「なんだその目は？　上に相談しようか。フィーノは私の要求に応えるのは大変なようです。地方文官の方が適任なのではないでしょうかってな」

「……いえ」

「埃《ほこり》を被っているが、古代の大事な遺産だぞ。一日たりとも遅れることは許さん。心してかかれ」

嫌な手つきでフィーノの肩を撫で、カロージオは自席に戻った。

重い鍵《かぎ》を見つめながら深い溜息を吐くと、向かいの机からシモーネがこちらを見ているのに気がついた。

相変わらずちんたらと仕事をしているが、手伝おうかと言ってくるつもりだろうか。今回ばかりは、頼むと言ってしまいそうだが彼はぷるぷると震えながら青い顔をして言った。

「き、気を付けてフィーノくん。地下書庫って、古代シュレナの悪霊が出るんだって」

「……は？」

「ごめんね、手伝いたいんだけど、僕、こわいの本当にダメで」

だったら余計な事を言うなと思わず舌打ちしそうになりながら、フィーノは無視して仕事を進めた。

深夜に差し掛かり、どうにか明日までに上げなければならない仕事が終わった。

リナルドの容態は変わらず、立ち上がれないものの元気にはしていると、ロッシから連絡を受けている。

今日はこのまま椅子を並べてここで眠りたいところだが、朝カロージオから押し付けられた書庫管理の仕事が気になり、重い腰を上げた。

鍵を摑《つか》んで夜の暗い廊下を抜け、螺旋《らせん》階段を地下へ地下へと下る。最下層にある鉄製の重い扉を開けると、ようやく地下書庫にたどり着いたが、中は真っ暗で何も見えない。

火が苦手なフィーノは蠟燭《ろうそく》ではなく、ルーシェという暗闇で光る特殊な白い花を手に持っていた。花の形が大きな袋状になっていてちょうどランプのようになる。蠟燭よりもやや儚《はかな》い光だが、手元や足元ぐらいなら見える。

埃っぽく黴《かび》臭く不気味な廊下を歩く。情けなくもルーシェを持つ手が震えそうになる。

誰にも話したことはないが、フィーノもあまり怖い話の類いは得意ではなかった。

(クソ、シモーネの奴《やつ》……余計なこと言いやがって)

突き当たりまで進み、恐る恐る書庫の扉を開けると中は埃と黴の匂いが立ち込めていた。幽霊などはいないが、何年も使われていなかったような雰囲気がある。ジルドが失踪したのは、半年ほど前だったはずだ。

(ジルドの奴、掃除もしてなかったのか)

ルーシェを掲げると、弱々しい光が室内を照らす。

天井まである本棚が壁一面を覆っており、それ以外にも、大きな本棚が十台程、等間隔に置かれている。

「これ全部、俺一人で……一カ月で……?」

途方に暮れて立《た》ち眩《くら》みがした。この仕事だけならともかく、他の仕事もパンパンに入っているのだ。

だが、ぼんやりしている暇はない。

(げえっ、魔法語の本までありやがる)

古代シュレナ語自体が難解だが、フィーノは得意だった。子供の頃から古代シュレナの本を読むのが好きだったからだ。

だが、シュレナ語の他に〝魔法語〟というものが存在し、それらは未だにほとんどが解明されていない。読めない字がほとんどのため、文字の形で判断するしかないが、種類も多く判読には恐ろしく時間がかかりそうだ。

目録を見る限り、普通のシュレナの書に加えてざっと数えても魔法書が百冊はありそうだ。絶対に終わる訳がない量に眩暈《めまい》がしそうになる。

その上、本棚には雑多に本が詰め込まれていて、とても管理されていたようには見えない。

(ジルドの奴……何やってたんだ)

仕事を抱え込んだ揚句の果てに失踪して、本当に迷惑な奴だ。だがそこまで考えて、ふと思った。もし今、自分に何かあったらジルドと同じようになるのだろうか。

ジルドが消えても、しばらく誰も気づかないぐらいだった。

半年が経《た》ったが、誰も何も気にしていない。変わらない日常が続いている。人一人が消えたというのに誰も彼を心配していない。

家族も捜索していない。

孤独で友達もおらず、不愛想。上に目を付けられ、嫌われていた。そういう男で、最後は音もなく消えた。そして今、自分は彼の仕事を引き継いでいる。

（いや、俺は違う。あいつみたいにはならない）

もし自分がなんらかの理由で失踪したら、もっと大混乱に陥るだろう。抱えている仕事の量も重要性も全然違うし、関わっている人の数も各段に違う。

誰にも気づかれないなんてことはないはずだ。

そう思いながらも、不安に思う。もし今、自分がいなくなったとして、誰が真剣に探してくれるというのだろうと。

それにしても、一体どうしてジルドは失踪したのだろうか。仕事に追い詰められて気を病んでいたからだろうか。

領地に帰っているならともかく、この国で地位も仕事もなく生きていく術《すべ》はないのに。

（ま、いいか。俺が気にかけることじゃない）

人に構っていられるほど、フィーノにも余裕などなかった。

いずれにしろ、作業のためにはまずもっと大量のルーシェを持ち込まなければならない。壁には等間隔にランプが設置されているが、そこに点火するのは火が苦手なフィーノには不可能だった。

取り掛かるのは明日からにしよう。

そう思いながら部屋を出ようとしたとき、ピチャッ、ピチャッという何かが滴るような音がした。

「……？」

辺りを見回すが、誰もいない。別の部屋の音が響いているのだろうか。なんにせよ不気味で半ば速足で部屋を出たとき、すぐ目の前に人影があった。

「うわぁっ」

思わず声を上げて飛び上がって、ルーシェを落としてしまった。

暗闇の奥からヌッと顔を出したのは、深いフードを被った物凄《ものすご》く背の高い何かだ。

幼い頃に読んでトラウマとなった「ゆうれい・マモノ図鑑」に載っていた死に神にそっくりだった。

「うわあああああっ」

今度こそ絶叫し、走りだそうとしたが、そのとき、「危ないっ」と言われ襟首を掴まれた。

「はっ、離せ！　死に神！」

「落ち着いて。俺は死に神じゃないから」

その声は明らかにごく普通の人間の声で、さすがにフィーノもハッとして振り返った。

男はフードを取り、その顔を露《あらわ》にする。が、ルーシェを放り出してしまったため、暗くてよく見えない。とりあえず目が二つあって鼻と口があるのは分かる。間違いなく人間だろう。

「びっくりさせちゃった？　ごめんねー」

その声はとても若かった。

「……いや、こちらこそすまなかった」

ごほんと咳払《せきばら》いしながら取り乱したことを取り繕い頭を下げる。足元に置いていたルーシェを拾い上げる。薄暗くてよくは分からないが、男の顔がようやく少し見えてきた。

黒髪に、混血なのか少しエキゾチックな、だがしかし端整な顔立ち。背はリナルドと同じぐらいですらりとした長身だった。おそらく年は二十代前半と言ったところだろうか。身に着けているものは貧しげで質素だ。とても城で働いている者とは思えない。下男だろうか。

この城で働いている者なら、許可があれば地下書庫には入ることが出来る。大量に書物が必要な場合、下男に運ばせることもあるからだ。

鍵を持っているということは、許可を貰《もら》っているのだろう。だがしかし、見慣れない顔だった。

「誰だ？　家名を名乗れ」

疑わしげに見つめると、男は首を横に振った。

「俺はアベル。貴族じゃないよ」

見れば分かると思ったが口には出さなかった。家名がないのだろうか。

「昨日からこの城で働くことになったんだ」

やはり下男のようだが、フィーノは警戒心を解かずに続けた。

「こんな時間にこんな場所で何をしているんだ」

するとアベルと名乗った男は書名が走り書きされた紙片を見せながら言った。

「読みたい本を探していたんだけど……図書室になくて、おそらく地下書庫だろうって言われたんだけど……本当にこんなところにあるのかな？　君、何か知ってる？」

こんなところに打ち捨てられた本を読みたいなんて変わった奴だ。

フィーノはルーシェを近づけて、書名を見た。

『シュレナ王国　税制改革について』

「シュレナの税制度の本なら、ここだ」

「おお、そうか！　ありがとう」

「ありがとうって、場所分かるのか」

アベルは当たり前のように首を横に振る。

「……ったく。しょうがないな」

忙しいのにと思いながら、フィーノはルーシェを持って本のある棚まで戻ると、そこから目当ての本を取り出して渡してやった。

「いやー、ほんと助かった。ありがとう」

じゃあと言って元の道を引き返そうとすると、今度は手を摑まれて止められた。

「なんだ。まだ何かあるのか？」

「今度礼をさせてくれ。名前を教えてくれないか？」

「礼って……大したことしてないからいい」

「ダメダメ。〝全ての労働に対価を〟。古代シュレナ人も言っていたことだよ」

「大げさだなぁ……。まあいい。俺はフィーノ。王政対策室で働いてる」

「フィーノ。ありがとう」

相変わらず無表情なまっすぐな金の瞳《ひとみ》で見つめられて真剣に礼を言われ、少したじろぎながらも、フィーノは「おお」と頷《うなず》き、今度こそ踵《きびす》を返した。


その晩、深夜というよりは明け方に近い時間に帰宅していつも通り寝室を素通りして奥の自室へと行こうとすると、ヌッと伸びて来た手によって足首を摑まれてそのまま寝室の中に引きずりこまれた。

「〜〜っ……!?」

バランスを崩して倒れ込むが、誰かがしっかり抱きとめてくれる。幽霊か、強盗かと、思わず悲鳴を上げようとしたが、その口を手で覆われた。

「しっ、メイド達が起きてしまう。みんな朝早いらしいから、ゆっくり寝かせてあげよう」

リナルドの声だ。

「何する！　離せっ」

敬語を使わなくていいとリナルドに言われてから、自然と使わなくなった。床の上で、リナルドの膝《ひざ》に乗せられたような形になっている。

「まだ怪我《けが》で上手く歩けなくてな」

彼の腹部からじわ……と血が滲《にじ》んできたので、ギョッとして執事を呼ぼうとするが、リナルドはフィーノの手を摑んで止めた。

「構わない。ちょっと腹が破れてるだけで大丈夫だ」

（いや、構えよ）

思わず心の中で呟《つぶや》いた。

「随分遅いので心配した。ロッシに聞いたら、仕事だと言っていたが本当にこんな時間まで働いていたのか？」

「……いつものことだ。何か疑っているなら、勤務記録を見てくれ」

するとリナルドは「体を心配してるだけだぞ」と不思議そうに首を傾げる。

「そうだ！　フィーノ見てくれ！　少しだけ歩けるようになったんだ！」

左足を引きずるようにしながら、リナルドが無邪気な笑顔で歩いてみせたのでぎょっとした。

（……なんで歩けるんだ？）

普通の人間なら、あれだけの大怪我を負ったらまだ意識すら曖昧《あいまい》でもおかしくない。体を起こすのも辛《つら》いだろう。

ましてや立ち上がることなど出来ないはずだ。強い違和感を覚えながらも会話をするのも嫌で、無言で隣の部屋に行こうとすると、リナルドが慌てた様子で言った。

「待て待て待て。寝ないのか？」

「寝るぞ」

「それなら、寝室はここだ。疲れすぎて間違えてるぞ。さてはフィーノはなかなかのおっちょこちょいだな」

「間違ってない。いつも別々に寝てる」

むしろ昨日まで、今まで一度たりとも一緒のベッドで寝たことなどなかった。寝室など入ろうものなら殴られてもおかしくない。

「別々って夫夫《ふうふ》なのにか!?」

「……そうだ」

そう言って寝室から出ていこうとドアノブに手をかけると、リナルドがその手首を摑んで止める。

「ではこれからは変えていこう。今日から毎日夫夫仲良く一緒に寝るぞ」

「絶対に嫌だ」

きっぱりと言いきって勢いよく寝室のドアを閉めると、フィーノは一番奥の部屋へ逃げ込むように入り、素早く鍵《かぎ》を閉めた。ドアの向こうからは「なんでだー」と情けない声が聞こえる。

(びっっっくりした)

ドッドッと激しい鼓動を立てる心臓を抑えて舌打ちした。

(リナルド……ずっとあのままなのか?)

だが、記憶云々《うんぬん》以前に、纏《まと》う雰囲気も全てが違うのが気にかかった。本来の彼はああいう男だったのだろうか。

（いや、絶対に違う）

事故以前のリナルドにどれだけ傷つけられたか言ってやりたいが、もし記憶が戻った時に、それを知られるのは癪《しゃく》だ。

どれだけ傷つけられても、ずっと傷ついていないふりをしてきた。今更、自ら弱みなど、晒《さら》したくはない。

ベッドに横たわると、泥の中に沈み込むような疲労が襲ってきた。目は重く、頭痛がする。

こんなにも疲れているのに、頭が痛くてなかなか寝付けない。

目を閉じるとカロージオの罵声《ばせい》が響き、毛布を被る。だが、耳を塞《ふさ》いでも何をしてもそれは消えることはなかった。

寝たのか寝ていないのかよく分からないまま朝を迎えて着替えを済ませ、そっと自室を出る。

寝室の方を見て用心しながらそっと足を忍ばせて階段を降りようとすると「残念」と声がして手を摑《つか》まれて、思わず悲鳴を上げそうになった。

「おはよう。仕事に行く前に、一緒に朝食を食わないか。ロッシに朝食を部屋に運んで来て貰った」

「必要ない」

「必要なくはない。食わざる者は働くべからずだ」

何を言っているんだろう。寝不足の頭では処理しきれない。

さあおいでと手を引くのを振り払い、フィーノは無言で鞄《かばん》の中から丸い包み紙に入ったコルーネを見せた。

「ん？　何だその石は」

コルーネは本来、騎士の携帯必需品のはずだが、その記憶もなくしたのだろうか。

「これ一つで、一日分の栄養が取れる」

「それは食い物なのか？」

呆気《あっけ》に取られたような表情をしている。

「食い物だ。他に食事は必要ない」

リナルドは顎《あご》に手を当ててしげしげとコルーネを見つめていたが、やがてどこか好奇心に満ちた顔で笑った。

「私も食べてみたいな、完全食とやらを。一つ貰えないか？」

抵抗してやり取りが長引くのも嫌だと思い、コルーネを一つ差し出すと、リナルドはそれを一口齧《かじ》った。

「マッッッズイ!!」

端整な顔を歪《ゆが》めてリナルドが泣きそうな顔をした。栄養と携帯の利便性だけを考えられて作られているため、ひどくまずいのは常識だ。

ざまあみろと笑いたくなるのを堪《こら》えていると、リナルドは涙目になりながら「少し待っててくれ！」と言うと寝室に戻り、銀トレイに置かれたサンドイッチを紙に包んで持ってきて、フィーノに渡した。

「フィーノの朝飯を貰ったから、交換に私の朝食をあげよう。ちゃんと城で食べるんだぞ」

こちらのほうが美味《おい》しいぞと優しい声で言われて、微《かす》かに目を見開いた。

「……………」

「あ、もっといるか？　あの石一個で三食分だっただろうか」

「結構だ」

渡された紙包みをひったくるように受け取ってそのまま何も言わずにフィーノは階段を駆け下りた。

行きの馬車の中で、サンドイッチを詰め込むように食べた。久しぶりに食べたコルーネ以外の食事は想像以上に美味しくて、あっという間になくなってしまった。

最近、胃の調子がずっと悪かったのに、食欲というものがフツフツと湧いてくる。

（……もう一個貰っておけばよかった）

そう思いながら、朝市で賑《にぎ》わういつもの町を眺めた。

■2章――②

フィーノはそれからも忙しい仕事の合間に時折、家に帰ってくるという生活を続けていたが、何時に帰ってきても必ずリナルドに待ち伏せされて捕まるようになった。

相手にしなければ飽きるだろうと思っていたのに、物凄《ものすご》くしつこい。

事故による記憶の混濁なら、きっとすぐに戻るだろうと思っていたが十日程経《た》つのに一向に戻る気配がなく、やたら仲を深めようと迫られるが、フィーノはそれに応じるつもりはなかった。

数年前なら喜んだかもしれない。いつか歩み寄れないかと思い続けていたのだから。

だが今はただ、戸惑《とまど》いと恐怖と怒りしか湧かなかった。

出来るだけ顔を合わせないようにと、フィーノはしばらくの間、宮廷に毎晩泊まり込みで仕事をすることにした。

その日も、日付が変わるころにようやく仕事を終えた後にフィーノは一人、地下書庫で目録とのチェック作業を始めた。

大量にルーシェを持ち込んだおかげで室内は大分明るくなった。花で彩られたせいか不気味な雰囲気も少しは和らいだ気がする。シャツの腕を捲《まく》り、埃《ほこり》が物凄いので大きなハンカチで口の周りを覆った。掃除もしなければならないが、とりあえずは、一カ月以内に終わらせなければならない分野別の仕分けと蔵書確認だ。

シュレナ語で書かれた物については確認と分野分けは終わった。目録との相違もなかった。残りは魔法語で書かれた書物だけだ。

本棚の背表紙と目録の文字と似た魔法文字を見つけて探し出していく。かなり骨の折れる作業だ。

眠気覚ましにメルバを何粒も噛《か》み砕《くだ》くと、頭まで突き抜けるようなパチッとした刺激が走って目が覚めるが、瞬間腹にも痛みが走った。

（痛ってェ……）

頭痛も腹痛も常のことなのであまり気にしていなかったが、最近は以前よりも強く感じるようになっていた。体が限界を迎えている。たった一日でいいからよく休まないといけないと分かっているが、そうすることに対してどこか恐怖心があって休めずにいる。

休んだら最後、自分の唯一の居場所が消え去ってしまうような、そんな不安に駆り立てられていた。ジルドのようになるのは嫌だった。忽然《こつぜん》と姿を消しても、誰からも探されない、惜しまれもしない。そんなの、なんのために生まれてきたのか分からない。

（生きるのって……痛いんだなぁ）

疲労でぼんやりとした思考の中、ズキズキと痛む腹を摩《さす》りながら夢中になって作業をしていたが、しばらくして、ギシッギシッという音に気づき顔を上げた。

「なんだ……？」

初日にも聞いたこの音。よく耳を澄ませてみるとギシッ……という音の後に「ドンッ」という微かに何かがぶつかる音がする。

背筋がゾクゾクして、体が震えるが、フィーノにとっては幽霊以上に終わらない仕事の方が恐ろしかった。聞こえないふりをしながら必死に作業をしていたが、やがて音は無視できない程大きくなっていく。

仕方なく、書庫中をくまなく探し、隣の第五書庫も見て回ったが変わった様子はなかった。

ランドリア城は、古代シュレナの王城の跡地に建てられており、地下書庫の下はそのまま古代の遺跡になっているという。これは地下から響いている音だろうか。

〝地下書庫には古代シュレナの悪霊が出るんだって〟

シモーネの声を思い出し、ぶるっと背筋を震わせる。

無視してしばらく作業を続けていたが、ギシッギシッという音は次第に大きくなっていく。さすがに不気味になって立ち上がると、フィーノは慌てて書庫を出た。

明日の朝早めに来てやることにしようと、執務室に戻ろうと足早に地下の廊下を抜け、階段を上がる。

執務室へと続く長い廊下にはまだらな間隔で部屋からの明かりが漏れているから、他にも文官も何人か残ってはいるのだろう。だがほとんどの部屋の明かりは消えていて薄暗い。廊下は警備兵がところどころに立っているぐらいで歩いている者は誰もいない。

それなのに、背後から足音がする。気のせいかと思うほど小さな音だったが、誰かがついて来ている。振り返ってみると誰もいない。だが、絡みつくような視線を感じる。

(な、なんなんだ……?)

半ば小走りになりながら執務室に駆けて行こうとすると、不意に誰かがフィーノの手首を摑んだ。

「ひぃっ」

「フィーノ、私だ、私」

「リナルド……? な、なんでここに!?」

おかしい。まだ足は自由に動かないはずだ。骨折した男が、十日やそこらで歩けるようになるものだろうか。信じられずに瞬きを繰り返していると、リナルドが笑って言った。

「城までならどうにか歩けるようになったんだ。まだ騎士団の本来の仕事である鍛錬は出来ないが書類仕事が恐ろしく溜《た》まっていたらしく呼び出されてな。この時間までずーっと溜まりにたまったハンコを押してたんだ」

彼の端整な顔はげっそりとやつれている。

「フィーノの様子を見に来たら、まだ帰っていないみたいだから探してたんだ。こんな時間まで奥さんが帰ってこないんじゃ夫として心配だからな」

(じゃあ、今ずっと俺を追いかけてた視線と足音は、こいつだったのか?)

だが、リナルドは前方から現れた。あの足音は、はっきり後ろから聞こえていたはずだ。

「どうした?」

「いや……」

なんでもないと首を横に振ると、リナルドはフィーノの手を取った。

「さあ、帰ろう」

「一人で帰れ」

「同じ家に帰るのにか!?」

無視して歩きだそうとすると、またしても手を掴まれて引き止められたのでフィーノはキッとリナルドを睨《にら》んだ。

「馴《な》れ合う気はないって言っただろ？　今までもこれからもだ」

するとリナルドはうーんとしばらく腕組みをして考え込んだ後に名案を思いついたというように指を立てた。

「では、フィーノの願いをなんでも一つだけ叶《かな》えてやる。そうしたら、私の願いも一つだけ聞いてくれないか？　もし叶えられなかったら、今後私から話しかけることはしない。……ああ、ただし二度と話しかけるなっていう願いはなしだぞ」

「なんでも？」

「ああ、なんでも。足は優先して治したがまだ不十分だし、腕と腹の怪我《けが》はまだ時間がかかりそうだ。……当面騎士団には復帰出来ないからな」

医者でもないくせに、優先して治したという言い方が妙に引っ掛かる。

「……分かった」

「本当か？」

嬉《うれ》しいなぁと笑顔になるリナルドに、フィーノは腹が立った。何かこれまでの仕返しをしてやりたいという思いがフツフツと湧き上がる。

「……来い」

ルーシェを手に階段を下りるよう促すと、リナルドは犬のようについてきた。フィーノはリナルドを、地下書庫に連れていく。

「この部屋の本を全て、三日以内にこの目録通りに並び替えられたらなんでも言うことを聞いてやる」

正直に言うと、無理難題だった。

リナルドはずっと騎士一筋だったから、難読文字どころか普通のシュレナ語も怪しいだろう。記憶が混濁しているなら尚更《なおさら》だ。

無理だと分かっていることを頼むのは、嫌がらせのようなものだが、こちらはこの数年、リナルドやアドルナート家からの無理難題を、文官としてどうにかやりくりしてきた。

記憶を失っているからと言ってリナルドであることには変わらないのだから、ちょっとした復讐《ふくしゅう》をしてやろうと思った。そんなこちらの思惑に気付かず、リナルドは穏やかに微笑《ほほえ》んだ。

「ん、分かった。やってみる」

(三日間、せいぜい黴《かび》臭い部屋で無駄な時間を過ごせ)

「ああそうだ。この部屋、古代シュレナ人の幽霊が出るから気を付けろよ」

フィーノは意地悪く笑うと、バタンとドアを閉めて部屋を出て、足早に一人家路についた。

■2章―③

翌朝は、寝室の前でリナルドに捕まることなく、スムーズに王宮に行けた。

少なくとも三日間はしつこくされないだろう。やっと仕事に専念できると思いながら執務室に行き、自席でコルーネを齧《かじ》った。

胃の痛みは相変わらずだが、食べないと頭が働かないので無理やり詰め込むようにして食べる。

いつものように山積みになった書類の山を処理したり、他国の要人との宮廷会議に通訳として出席したりしているうちにあっという間に日暮れ時になっていた。

そういえば、リナルドはどうなっただろうか。きっとさぞ苦心しているだろうし、仕事が終わったらそのザマを見に行ってやろうと思った。

(……あの変な音、リナルドにも聞こえただろうか)

そのことも気になる。それにあの視線。

昨日から姿を見せていないが、まさか幽霊に取り殺されてたりしないだろうかと急に不安になってきて、見に行こうかと立ち上がりかけた時だった。

執務室の扉が物凄い勢いで開き「フィーノ!」というカロージオの怒声が響き渡った。前の席で、シモーネがビクッと飛び跳ねる。

（今度はなんだ？）

溜息《ためいき》を吐《つ》きながら立ち上がる。

「なんでしょうか」

するとカロージオはフィーノに思い切り書類の束を叩《たた》きつけた。何かと思ったら一昨日突然頼まれて徹夜で仕上げた資料だった。

カロージオは第二王子にこの国の政務状況やアルドバとの国交の現状についての説明を求められたらしく、その説明に使う資料を作れと言われたのだ。

「アルドバ語で書かれた交易資料が翻訳されてなかったぞ！　どういうつもりだ！」

「以前、翻訳は載せるなと……」

フィーノはアルドバ語が得意だったが、カロージオはそうでもない。分からない単語があると困ると、以前は外国語の資料にはランドリア語に訳したものを添えていたが、「馬鹿にしているのか」と怒鳴られたため、それ以来は止《や》めていた。

カロージオはそれを思い出したのか「あっ」という顔をしたが、すぐに表情を歪《ゆが》めてフィーノの胸倉を摑《つか》んだ。

「言い訳をするな！　ったく、こんな何の役にも立たない資料を作って……第二王子の前で恥を掻《か》いただろう！」

（役に立たないって……こっちは徹夜でやったってのに）

そのまま摑まれていた胸倉を思い切り引っ張られ、そのまま突き飛ばされて後ろに倒れ込みそうになったが、なぜか衝撃は来なかった。

「……え？」

後ろを見上げて驚いた。リナルドに、体を支えられていたからだ。

「り、リナルド様……？」

カロージオが驚いたように目を見開く。騎士団とは繋《つな》がりが薄く、儀典の際の警備対策についての打ち合わせぐらいでしか顔を合わせることもない。

その上、フィーノとリナルドの仲は壊滅的ということもあって、彼がこの部屋を訪れるのは初めてのことだった。リナルドはフィーノの体を支えたまま、カロージオに向かって穏やかに言った。

「法律は不勉強なもので申し訳ない。宮中での暴力行為は鞭打《むちう》ちの刑っていう法律ありませんでしたか？」

「い、いや、そんな法律はないでしょう」

「そうでしたか。古代シュレナにはあったのに、今の方が野蛮とは……。それならこの国の流儀に倣いましょうか」

リナルドは残念そうに言った後に、カロージオの胸倉を思い切り摑んで持ち上げた。

「なっ……！」

「よくも私の妻に手荒な真似《まね》をしてくれたな」

低い声に、一瞬、執務室内が水を打ったように静かになった。カロージオは何を言われたか分からないというように目を白黒させている。

フィーノもぽかんとしていたが、弾《はじ》かれたようにリナルドの腕を掴んで手を離させた。そしてそのまま手首を摑み、慌てて部屋の外へと引っ張り出した。

「何考えてるんだ！」

「何って、フィーノが乱暴されてたから夫として止めただけだ」

結構迫力があっただろうと屈託なく笑いながら言われる。

「余計なことをするな。俺の職場には二度と来るなよ！」

するとリナルドはしばらくの間フィーノの顔を見つめていたが、やがて溜息を吐いて「分かった」と言った。

「フィーノに頼まれていた仕事が終わったので報告に来ただけだ」

「え……？」

そんな訳がない。フィーノは十日かかってもまるで終わらなかったのだ。だがリナルドは自信満々に「終わったぞ」と笑った。


半信半疑で地下書庫に下りていくと、そこには信じられない光景が広がっていた。埃《ほこり》っぽさも黴臭さもない。

無造作に並んでいた本は整然と並べられており、ご丁寧にも目録と照合するための番号まで各棚に振られている。

「い、一体どうやったんだ⁉　こんなの、ありえない。全部魔法語で書かれてたんだぞ⁉」

「それは私が有能だから」

「真面目《まじめ》に答えろ」

思わず肩を摑んで揺すったが、リナルドはのらりくらりとした様子できちんと答えない。

本当にどうやってリナルドがこの魔法書の文字を読み解いたのだろう。デタラメかとも思ったが、解読されている文字だけで確認してみても見た所間違いはない。

信じられないと何度も確認を繰り返していると、リナルドがごほんと咳払《せきばら》いした。

「フィーノ。私はお前の願いを叶えたぞ。次はフィーノの番だ」

思わず目を逸《そ》らすと、リナルドは一歩前に出た。

「〝全ての労働に対価を〟。シュレナの鉄則だ」

穏やかな声だが、どこか圧力を感じる。どうやったのかは本当に分からないが、想像以上の働きを見せてくれたのだ。さすがに逃げる訳にも行かないだろう。

これまでだったら宮廷の式典や祭事で無理難題を捻《ね》じ込《こ》めと言われるか、離婚しろと迫られるか。拳《こぶし》を握りしめながら「何が望みだ」と促すと、リナルドは嬉しそうに笑う。そうして言われた願い事は、予想外のものだった。

「週に二回でいいんだ。私と夕食を共にして欲しい」

「……は？」

日暮れ時のこんなに早い時間に屋敷に戻ってきたのは初めてだった。

リナルドのしたことでカロージオに余計に罵倒《ばとう》されたり嫌がらせを受けるかと思ったが、意外にも今日の彼は大人しかった。

アドルナート公爵家は王家と並んでも遜色《そんしょく》ないような名家中の名家なのだから当然と言えば当然かもしれない。今まで一度も恩恵を受けたことがなかったのでその効果に驚いてしまう。

夕食のホールに案内されると、パンや肉の焼けるいい匂いが漂ってくる。

そういえば、今日は朝にコルーネを食べたっきりだったので匂いを嗅《か》ぐと忘れていた食欲が蘇《よみがえ》り急に腹が減った。

「さあ、行こう」

リナルドに背中を押されるとフィーノは盛大に溜息を吐いた。

(なんでこんなことに……)

とはいえ、十日間かけても進まなかった仕事をリナルドが一晩でやってくれたことは事実だ。その対価を支払わなければならない。

実は、ここで食事をするのは本当に久しぶりのことで、来客がない限りここで食事をすることはなかったのだが――その部屋に驚いた。

以前はテーブルを彩るように並んでいた燭台《しょくだい》が撤去されていて、代わりにルーシェの花入りの花瓶に代わっていたのだ。

「え……？」

リナルドに火が苦手なんて、一度も言ったことはなかった。思わずちらりと隣を見ると、彼は優しく笑っただけで何も言わない。

背中を押されて促され、テーブルにつくと、すぐに給仕係達が食事を運んできた。前菜をナイフとフォークで切り分けながら、リナルドはさっそく口を開いた。

「そういえば、宮廷で働いてる侍女に教えて貰《もら》ったんだが、海辺の町のコルッカにある菓子屋が一度食べたら忘れられないほど美味《うま》いらしい。今度の休日に行ってみないか？」

「…………」

フィーノは無視を決め込んだ。一緒に食べるという約束はしているが、それ以上は求められていないはずだ。

「菓子は興味ないか。では酒は？　騎士団の奴《やつ》らに教えてもらったんだが、城前の広場にある酒場の酒が物凄《ものすご》く美味くて、海外からも客が来るほどだそうだぞ」

リナルドがペラペラと一方的に喋《しゃべ》っているのを聞き流しながら、フィーノは夢中で食べ続けていた。久しぶりのちゃんとした食事が、ひどく美味く感じてスープを口に運ぶ手が止まらない。

（この屋敷の飯ってこんなに美味かったんだ）

さすが公爵家から連れて来られた料理人が作った料理だ。夢中になって食べていると、リナルドが諦《あきら》めて話題を変えた。

「そういえば、フィーノが書庫には古代シュレナ人の霊が出るというから楽しみにしていたが、全然出なかったぞ。……一体、どんな幽霊が出るんだ？」

フィーノも奇妙な音を聞いただけで、幽霊自体は見たことがない。

「昔からそういう噂話《うわさばなし》があるだけだ」

「そうか。フィーノは怖い話が苦手だから恐ろしかっただろう。今度から、書庫に行くときは私が付き添ってやるから声をかけてくれ」

怖い話が苦手だなんて、誰にも言ったことがないので驚いてスプーンを持つ手が止まってしまった。

「そういえば、フィーノの部屋にはいっぱい古代シュレナの本があったが、もしかして好きなのか？」

「………」

「私も少し読んでみたが、シュレナ戦記は脚色が多いな。ベルミリオはあんな聖人じゃないぞ」

「え？」

思わず顔を上げると、リナルドは笑って、得意げに続けた。

「確かに顔は目も覚めるほど美しかったが、大酒飲みで仕事をサボって海で飲んだりしてるしょうもない男だった……という逸話もあった」

ベルミリオに関する伝記はたくさん読んでいるつもりだったが、そんな話は知らなかった。思わず、聞き耳を立てると、彼はさらに続けた。

「あとな、彼の弟子ゼノスはもっと色男だった。町を歩くと彼の後ろには女性達の列が出来ていたんだぞ」

それは嘘臭《うそ》いと思いながらも、他の話はやけに臨場感があり、思いのほか楽しく話を聞いてしまう。

「……プリディーヴァの惨劇は？　なにか逸話ないのか」

こちらからは決して話しかけまいと思っていたにもかかわらず、思わずフィーノはそう聞いていた。

「プリディーヴァの惨劇」はシュレナ戦記の中でも最も有名なエピソードの一つだ。

当時の王位継承者だった第一王子が、プリディーヴァの祭りの演説の最中で突然乱心し、自分以外の王族を惨殺し、最後に自分も自殺したという悲惨な事件だ。

幸いにもその際、一番幼い第四王子だけがなんとか助け出され、王位を継いだのだが、乱心の理由は未《いま》だに解明されていないらしい。

それが史実とされているが、一方伝記では、王子は乱心した訳ではなく悪の魔法使いレグルスに操られていて、それに気づいたベルミリオが弟子ゼノスと共にレグルスを食い止め、第四王子を救い出したという英雄譚《えいゆうたん》になっている。フィーノはシュレナ戦記の中でこのエピソードが一番好きだった。

するとそれまで意気揚々と話していたリナルドが顔を曇らせたので、フィーノは不思議に思ったが、その時メインのステーキ肉が運ばれてきた。

リナルドはそれを半分に切りフィーノの皿に置いた。

「私はこんなに食わないから、フィーノにやる」

「いや」

「いいからいいから。フィーノは肉が好きだろう？」

肉は正直好きだ。だが、それを彼はおろか誰にも言ったことはないので怪訝《けげん》に思う。火が苦手だということも食べ物の好みも一度も話した覚えがないのになぜ把握されているのだろうか。

怪訝に思いながらも自分から話しかけるまいとフィーノは口を噤《つぐ》み、皿の上に置かれた肉を見た。

ちょうどいい焼き加減のとても美味そうな肉だ。普段なら喜んで貰うところだが、フィーノは首を横に振った。

「今、胃の調子が悪いんだ」

するとリナルドは微《かす》かに目を見開いた後に肉を引き取り、ナイフとフォークを置いた。

「フィーノ。夜もいつも遅いし休みの日もないみたいだが、どうなっている？　そもそも一週間絶対安静と医師が言っていたというのに一日も休んでないぞ。もしや、古代シュレナの奴隷制度が復活しているのか？」

「…………」

「フィーノの上司の……カロージオだったか。よく分からない理由で怒鳴っていたが、いつからなんだ？　もしいじめられているなら私から言おう。多分、あの男より私の方が大分偉い」

「余計なことするなと言っただろう」

間髪を容《い》れずにフィーノは顔を上げて言った。怒りに満ちた表情でリナルドを見つめるが、彼は穏やかな表情のまま不思議そうに首を傾げる。

「なぜだ？　フィーノは自虐趣味でもあるのか」

「そんな趣味はない。でもあいつはどうせあと二年もしたら内政室の方に行く。そういう決まりなんだから余計な揉《も》め事《ごと》を起こすな」

「あと二年も我慢するのか」

二年ぐらいの我慢など、リナルドと過ごしたこの十年余りの方がよほど耐え難かった。職場の人間に理不尽に怒鳴られることよりも家族からの罵倒の方がよほど精神的に堪《こた》える。

それにカロージオは、リナルドから何か言ったところでどうにもならない。国王の叔父《おじ》である宰相が後ろについている。横領の証拠も摑《つか》んでいるが全てもみ消されたし、あと二年、どうにかやりすごすしかない。余計な口出しをして、波風を立てて欲しくなかった。これでは、なんのためにずっと我慢してきたのか分からなくなる。

「仕事のことは、お前になんの関係もないだろう。もし何か一言でも余計なことを言ってみろ。絶対に許さないからな」

今まで仕事でどんなに理不尽な目に遭っても、リナルドは力になってはくれなかった。でも、だからこそ今の立場は、フィーノが自分の力だけで必死に勝ち取った地位だ。

するとリナルドはそれ以上追及することなく、微かに溜息《ためいき》を吐《つ》いた。

「……分かった。ただし、約束は守ってもらおう」

「約束？」

「週に二回、共に食事をとるという約束だ。その時は絶対に家に帰って来ていてくれ。もしすっぽかしたらその時は……」

ちらりとこちらを見られ、思わずごくりと息を飲む。

「この屋敷に監禁する」

「は……？」

物騒な言葉に驚愕《きょうがく》する。さすがに冗談だろう。

「というのは冗談だ。だが、すっぽかされたら都度迎えに行くから、そのつもりでな」

優しい笑顔と共に言われたその声はふざけた調子ではなく真剣で、思わずフィーノは頷《うなず》くように俯《うつむ》いてしまった。

翌朝。王宮に行くのに、フィーノが馬車に乗り込もうとすると、玄関前のポーチを掃いていたメイド達の話し声が耳に入った。

「あの事故以来、リナルド様別人のようにお優しくなったわねえ」

「本当に。前なんて視界に入ったら凍るような目で睨《にら》まれたのに、この間なんか笑顔で話しかけられちゃったわ」

「私もぉ。〝いつもありがとう〟ですって！　腰抜かしちゃった！」

「でも何より驚いたのがフィーノ様への態度よねえ」

普段なら彼女達のお喋りなど気にも留めないのだが、今日はついつい耳をそばだててしまった。

やはり、リナルドの変化に戸惑《とまど》っているのはフィーノだけではないようだ。確かに最近、リナルドがペラペラとメイド達と喋っているのを見かける。

事故以前のリナルドは、決して使用人とは口を利かなかった。主人は主人、使用人は使用人として明確に区分しており、唯一口を利くのは執事のロッシだけだった。

それに彼は、フィーノに対してほど、露骨に冷酷な態度はとっていなかったものの、周りのすべてに対して距離を置いていた。

彼が唯一心を許していたのはミカエルに対してだけだったように思う。

リナルドは本当に何もかも変わったのだろうか。そして、もう元に戻ることはないのだろうか。

(……いや、事故に遭ったぐらいでそう簡単に人が変わるだろうか)

心の奥にはきっと、あの残酷な性根があるに違いない。決して油断してはならないし、何かを期待してはいけない。

フィーノは自分にそう言い聞かせた。

リナルドが魔法書の整理を行ってくれたおかげで、後は随分楽になった。第一〜第五書庫は、元々綺麗《きれい》に分類分けがされていたし、あとは半年に一度の頻度で書架整理をすればいいだろう。

ただ、傷んだまま放置されている本が多いため、それらは一度修復に出す必要がある。そのリストを作っていた時だった。

――ピチャッ、ピチャッ……

何か滴る音がして、ハッとした。リナルドは幽霊など見ていないと言っていたから、きっと気のせいだ。疲れて幻聴を聞いている。

そう自分に言い聞かせながら、作業を続けるが、やはり水音は大きくなるばかりだ。

ピチャンッ、と一際大きな音がして顔を上げた時、フィーノの目の前に人の足が見えた。文官の制服を着た足だ。

（え……？）

恐る恐る顔を上げて、目を疑った。腹から血を流した、ジルドが立っていたのだ。

その顔は真っ白で虚《うつ》ろな目をしていて、フィーノが以前に宮廷で見た彼の表情とまるで変わらない。

「なっ……え……？」

どういうことだ。ジルドは行方不明になったんじゃないのか。

――オマエモコロサレルゾ。

ゾッとするような声が耳元で響き、ジルドの体は幻のようにスッと消えた。

そのまま片付けもせずに走って飛びだして、執務室に戻ろうとまだ人がまばらに残る廊下を走り抜けていると、ちょうど帰ろうとしていたカロージオがサンツィオと共に歩いているのを見つけて駆け寄った。

「カロージオ様っ」

「……なんだ？」

血相を変えて走ってきたフィーノを、カロージオは怪訝そうに睨んだ。フィーノは上がる息を抑えながら必死に問いかけた。

「あの……っ、ジルドさんは本当に失踪《しっそう》だったんでしょうか？」

「どういう意味だ？」

「しょ、書庫で見たんです……彼の幽霊を」

普段だったら、絶対にこんなことは言わない。だがその時はひどく気が動転していた。カロージオは一瞬の間のあとひどくおかしそうに笑った。

「そういえば、あいつも同じようなことを言ってたな。地下書庫で幽霊を見たって」

「え？」

「あいつの行方は誰にも分からない。探す奴《やつ》がどこにもいないんだから、知りようもない。……お前もいずれ、同じになるかもな」

「な……っ」

「そうならないように、せいぜい私の言うことをしっかり聞いて、役に立てよ」

それだけ言うと、彼はサンツィオと共に、その場を去っていった。

——お前もいずれ、同じになるかもな

その言葉にぶるっと背筋を震わせる。冗談じゃない。同じになんてならない。なってたまるか。

そう思いながら何かに追い立てられるように執務室に戻ろうとした時だ。背後から伸びて来た手に、突如口をふさがれた。

「～～————っ!?」

不意打ちだったので口から心臓が飛び出るほど驚いた。

「フィーノ」

「り、リナルド、なんだ……お前か」

思わずホッと胸を撫《な》でおろした。

「なんだはないだろう。約束を破ったら迎えにくると言ったはずだ。さあ、帰るぞ」

手を引かれそうになったが、フィーノはそれを振り払う。

「どうして逃げるんだ。せっかく迎えに来たのに」

「まだ仕事が終わっていない。先に帰っていてくれ。ロッシには夕食はいらないと言ってある」

「ダメだ。約束は約束だろう？」

だがそれを無視して、フィーノはそのまま彼を撒《ま》くように足早に歩き出した。すると背後から追いかけてくるような足音が響く。

「鬼ごっこか？　怪我《けが》をしてる私にはかなり不利な遊びの気がするんだが……まあいいか」

そのまま足早に廊下を抜けていくと、途中で背後からコツン、コツンと追っていた足音が消えた。

（撒いたか……？）

壁に背を付けてそっと廊下の奥を覗《のぞ》き込《こ》むが、追ってきている様子はない。どうにか撒けたようだとホッとした時だった。

「捕まえたぞ」と後ろから抱きしめられて体が飛び上がった。

「お、前……どうやって？」

あり得ない。反対側から現れるなど出来ないはずだ。目を白黒させていると、リナルドは笑いながら言った。

「なんてことはない。私は魔法使いだからな」

真面目《まじめ》に答えろと言おうと思ったが、その時リナルドがふと、フィーノの体を抱きしめていた腕から力を抜いた。

「どっ、どうしたんだ？　肩が震えてるぞ。そんなに私に追いかけられたのが怖かったのか!?　ちょっとした悪戯《いたずら》のつもりだったんだが……」

しゅん、とリナルドが叱られた犬のような顔をして肩を落とす。

リナルドに追いかけられたから怯《おび》えていた訳ではない。ただ、先ほどのジルドの姿が頭に焼き付いて離れなかった。あれはやはり、疲れすぎて見た幻覚だったのだろうか。

彼は本当に失踪したのだろうか。

俯いたまま考えていると、リナルドがポン、とフィーノの肩を叩《たた》いて優しい声で言った。

「何かあったのなら話を聞くから、帰ろう。ロッシには私から、フィーノの夕食を用意するように言ってある。温かいシチューだぞ」

背中を押されて促されると、フィーノは葛藤《かっとう》の末に頷いて帰ることにした。正直、今日ばかりは迎えに来てくれたことに内心ホッとしていた。


それからフィーノは観念して、週に二回は日付が変わる前に屋敷に戻ることにした。すっぽかそうとすると、リナルドが本当に迎えに来るからだ。

カロージオから無理やり押し付けられた仕事は全て引き受けるしかないが、それ以外のものは自分の興味のある仕事以外は引き受けるのを止《や》めた。

他の日に多少皺寄《しわよ》せは来るものの、週に二回は確実に早めにベッドに入る生活というのは少しだけフィーノの体を回復させた。

その晩、深夜まで残っていたフィーノは、眠気覚ましにメルバを何粒か噛《か》み、小腹が空《す》いたタイミングでコルーネを少しだけ齧《かじ》った。

(まっず……)

今まで味は気にせずに食べていたが、こんなにまずかっただろうかと衝撃を受けた。

このところ、リナルドとの約束を果たすべく屋敷の食事を口にしているせいか、すっかり舌が肥えてしまったようだ。

だが、事故以前のリナルドと何度か屋敷で食事をした時は、屋敷の食事を美味《うま》いと思ったことはなかった。彼の言葉や冷たい視線に畏縮《いしゅく》していて、いつもまるで砂を噛んでいるようだったのに。

リナルドは食事をするときいつも、フィーノが喜ぶようなシュレナの逸話をたくさん聞かせてくれた。作り話ではないかと思うようなこともあるが、楽しくて、時折食事が終わった後もうっかり聞き入ってしまうこともあった。

屋敷の食事と比べるとコルーネはとても食べられたもんじゃない。水で流し込もうと思い、立ち上がろうとした時、コトッと水の入ったグラスが置かれた。

「あれ？　お前また残ってたのか」

例の口の利けない小間使いが、静かに立っている。他の下男や小間使いはもうとっくに帰っているから、本当にこの子供が自主的にやっていることなのだろう。

少年はさらに、フィーノの手元にルーシェの入った小さな花瓶をコトッと置いた。この間、蠟燭《ろうそく》の火に怯えていたのを、しっかりと覚えていたようだ。

「……悪いな。助かる」

小声で言うと、少年はパァッと顔を輝かせた。

「でも、仕事の邪魔だから帰って寝ろ」

そう言っても、子供は相変わらず帰らず側《そば》に立っているので、フィーノは溜息《ためいき》を吐《つ》いた。

「いいのか？　チビのままで。俺は子供の頃、勉強で遅くまで起きている毎日だったから、この国の平均身長に三メルチ届かなかったぞ。睡眠不足は背が伸びないという証明だ。本当にいいんだな？」

そう言うと少年は明らかに怖《お》じ気《け》づいたが、それでも動かない。

（こいつももしかして……帰りたくないのかな）

小間使いは家がなければ城の寮が与えられているはずだが、一人一部屋ではないのかもしれない。同室の相手が嫌な奴なのか、家があるけれどその環境が悪いのか。

見た所虐待の痕《あと》はないように見えるが、見えないところは分からない。

家に帰りたくないから仕事をしていたい気持ちは痛いほど分かるが、子供が深夜まで働いているのは落ち着かないし、かといって保護してやる義理も暇もない。変に懐かれても迷惑だった。

「せめて座っててくれ。気が散るから」

そう言いながら、夜は冷えるからと文官の上着を差し出してやると、少年は嬉《うれ》しそうにそれを抱きしめて頷《うなず》き、フィーノの斜め後ろに腰かけた。

そしていつの間にかこっくりこっくりと船を漕《こ》ぎ始めたので、フィーノは仕方なくいつも仮眠している時の即席のベッドを作り、毛布を敷いて寝かせてやった。

それからしばらくの間、フィーノは地下書庫を訪れないようにしていて、忙しいながらも比較的平穏な生活が続いていたが、そんな最中にその事件は起きた。

その日、フィーノはシモーネと共に仕事の合間に溜《た》まった書類の束を集めて文書室へと運んでいた。

文書室には政治にまつわるありとあらゆる物が保管されている。

国王の印入りの調停書など、国を左右するようなものは別の場所に厳重に保管され、警備兵が一日体制で見張っているが、それ以外の日常的な政治会議の議事録や資料、報告書などはこの部屋に保管されている。フィーノが日々夜を徹して作成している資料のほとんどが、ここにある。

その他、毎年の儀典の際に使われた国王や女王の礼装や部屋の装飾品のデザイン図案なども保管されていた。フィーノはこの部屋の管理を任されている。

「うんしょっと……。これで全部かな？」

「まだだ。あともう二箱ある」

その瞬間、シモーネはこの世の終わりのような泣き出しそうな顔をした。

「えぇ～もう階段上れないよ」

フィーノ達のいる執務室は一階にあるが、文書室は最上階の五階だ。これで三往復目だった。いつもは一人でやっていたが、シモーネが手伝うと申し出てくれたので、初めてその申し出を受け入れた。

「じゃあここで終わりでいい。あとは俺がやる」

「や、やるよ！　初めてフィーノくんが僕を頼ってくれたんだもん。フィーノくん、最近ずっと具合悪そうだし……こんなの一人でなんて大変だよ」

頑張る！　と汗だくの顔で意気込むシモーネを見て、フィーノは思わず噴き出した。

「ありがとな。……助かった。今度何かそっちのも手伝う」

素直に礼を言うと、シモーネはひどく怪訝《けげん》そうな顔をした後に心配そうに言った。

「えっ？　どうしたのフィーノくん。やっぱりすごく具合悪いの？」

「どういう意味だよ」

失礼な奴だなと思いながら階段を下りると、シモーネは慌てて「ごめーん」と言いながらついてくる。

「でも本当に大丈夫？　地下書庫の管理引き継いでから、ずっと具合悪そう」

「……なあ」

「うん？」

「前にお前、地下書庫には古代シュレナ人の悪霊が出るって言ってたよな？」

「う、うん。それが？」

「……いや、一体どんな悪霊なのかって……」

「色んな話を聞いたけど、僕が聞いた話では、〝プリディーヴァの惨劇〟で、王子達を惨殺したあの悪名高いレグルスの霊が、未《いま》だに処刑されたことを恨みに思って地下を徘徊《はいかい》してるって……」

「レグルス……」

だが、フィーノが地下で見たのはレグルスではなかった。それどころか古代シュレナ人でもない、ジルドの霊だった。

「もしかしてフィーノくん、見ちゃったの……？　悪霊」

「霊なんている訳ねーだろ」

思わず、少し強めに否定すると、シモーネは「ごめん」と再び謝った。

「こ、この間のさ、リナルド様すごかったね。びっくりした」

シモーネは恐る恐ると言った具合に切り出した。リナルドが事故後すっかり変わってしまったという話は城内でも有名になっていた。シモーネもきっと気になっているのだろう。

あんな風にフィーノを庇《かば》うなんて、今までなら決してあり得ないことだった。

「やっぱり、フィーノくんから見ても別人になったって思う？」

別人。その言葉にフィーノは思わず足を止めてしまった。そう、変わったというよりはもはや別人だった。

「ご、ごめん。変なこと聞いた」

「いや……正直、俺も驚いてるんだ」

「やっぱり？　ぼ、僕もこの間気軽に声かけられて驚いちゃった。フィーノくんの友達だからってお菓子くれたよ」

「嘘《うそ》だろ……」

シモーネを友達だと思ったことはなかったが、唯一学生時代から腐れ縁が続いている仲だ。人間関係を掌握されている気がして恐ろしい。

「で、でもよかったね。優しくなって」

よかった。そう思っていいのだろうか。フィーノの中ではまだ長年の燻《くすぶ》る感情がある。俯《うつむ》くフィーノに、シモーネがためらいがちに、だが嬉しそうに言った。

「フィーノくんも、ちょっと変わったよ」


一階に戻り、シモーネと一箱ずつ持って再び階段を上がっていると、後ろからふと、刺すような視線を感じた。

「?」

「ど、どうしたの?」

下の方でヒィヒィと息を切らしながらのろのろと上がっていたシモーネが、突然振り返ったフィーノに少し不思議そうに首を傾げた。

「いや、なんでもない」

気のせいかも知れないが、地下書庫管理を引き受けてからというもの、どこからともなく視線を感じるようになっていた。誰かにつけ狙われているような、そういう感覚だ。

リナルドに毎日追いかけ回されているから、過敏になっているだけだろうか。

そう思いながら上に上がろうとした時、何人かの文官が慌てた様子で上から駆け下りてきた。

どうしたのだろうと思っていると、彼らはすれ違いざまに血相を変えてフィーノ達に言った。

「上に行くな！　五階で火事だ！」

「え……？」

火事という言葉に、途端に血の気が引いて足が竦《すく》む。

（五階って……）

先ほど行ったときは、そんな気配一切なかったはずだ。文書室に火が燃え移ったらまずい。あそこには、重要書類の数々が保管されているのだ。そして自分は、あの部屋の管理を任されている。

「フィーノくん、に、逃げなきゃ！」

シモーネが袖口《そでぐち》を引くが、フィーノは拳《こぶし》を握りしめた。

「悪い、これ持って先に避難してくれ」

フィーノは自分が抱えていた報告書の箱をシモーネが持っている箱の上に載せると、階段を駆け上がった。

「えっ!?　フィーノくん！　ダメだよ！」

呼び止める声を振り切り、五階へ駆け上がる。

途端に焦げ臭い匂いが鼻先を掠《かす》めた。ボヤ程度なのか炎は見えず、どの部屋が火元なのか分からない。消防の到着はまだのようだ。

口元をハンカチで覆い、文書室にたどり着く。幸いにもまだ火は来ていない。フィーノは絶対に燃えては困る資料を持てる分だけかき集めた。他の物は、万が一燃えても諦《あきら》めるしかない。

そのまま廊下に出て階段を目指して走っていた時だった。

ボッとフィーノのすぐ目の前で突然炎が生じた。

「え……なんで……」

廊下には、火の出るようなものは何一つない。そもそも五階は火気厳禁だ。それなのに、目の前には恐ろしいほどの勢いで炎が上がっている。

真っ赤に揺らぐ炎を見た途端、フィーノは膝《ひざ》からがくっと力が抜けてその場に崩れ落ちるように倒れてしまった。早く逃げなければと思うのに、恐怖で足が一歩も動かない。

――火は嫌だ、火は嫌だ。

頭の中で、誰か知らない人の声がする。自分の中にいる誰かが、とても怖がっている。その怯《おび》えが伝わってきて、フィーノは身動きできなくなってしまった。

逃げなければ。

その想いはあるのに、ただ震えて炎を見ていることしか出来ない。激しい恐怖から全身汗びっしょりになる。

（……も、もう、ダメだ）

指一本たりとも動かせずに震えていると、その時、誰かが階段を駆け上がってくる足音がした。

「フィーノ！」

リナルドだ。彼は初めて見るような焦りの表情を浮かべていてた。彼は臆《おく》することなく駆け寄ると、倒れ込んでいるフィーノの体を抱き起こした。

(どうしてここに)

「あ……っ、う……っ」

上手《うま》く声が出ない。ガクガクと震えながら恐怖の涙を流して見上げると、リナルドは「大丈夫だから」と優しい声を掛けてフィーノの視界を大きな手で塞《ふさ》いだ。

「安心しろ。一瞬で消す。次に目を開けた時は何もなくなっているから」

それからすぐにジュッという音がして視界を覆っていた手が外される。恐る恐る目を開けると、本当に目の前の炎はなくなっていた。

極度の緊張から解放され、フィーノはリナルドの体に自分の体を預けると、その匂いにひどく安心した。

「フィーノ？　おいっ、しっかりしろ！　フィーノ！」

遠くに声を聞きながら、フィーノはゆっくりと意識を手離していった。


目を覚ますと、フィーノは屋敷のベッドの上に寝かされていた。しばらくぼんやりしていたが、やがてそこが自宅だと気づき慌てて身を起こした。

「火事は!?」

すると、ベッドの横に椅子を置いて付き添ってくれていたらしいリナルドが静かに言った。

「……もう火は消し止められたぞ」

「文書室は無事だったのか？」

「一部が焼けたらしい」

「なっ……」

「安心しろ。重要書類は燃えなかったそうだ」

「重要書類〝は〟……？」

重要か重要でないかは、一体誰が判断しているのだろう。とにかく一度、見に行こうとベッドから起き上がり服を探すが、見つからない。

着替えを持ってきてもらおうとロッシを呼ぼうとするが、リナルドがそっと肩を押してベッドに戻るようにやんわりと制した。

「倒れたんだ。まだ寝ていないと」

「いや、もう大丈夫だ」

一時的にパニックになってしまった。リナルドが助けに来てくれなかったら、死んでいたかもしれない。

さすがに礼を言わなければと口を開こうとすると、それより先にリナルドが口を開いた。

「大丈夫ではない。倒れた理由は火事のパニックもあるだろうが、主な原因は過労だと医者が言っていた。二週間は絶対安静だと」

「医者はいつも大げさなんだ。その方が稼げるからな」

そう言いながら制止を振り切って立ち上がり、部屋の扉を開けようとしたが、開かないことに気付いた。

「……？」

外から鍵《かぎ》を掛けられているということだろうか。慌ててロッシを呼ぶために呼び紐《ひも》に手を伸ばそうとした時、その手をリナルドが止めた。

「おい、離せ」

「医師が休めと言ってるんだ。カロージオには私から連絡しておくからしっかり休め」

いつも通りの穏やかな声だったが、その顔はどこか怒っているようにも見えた。彼は続けて、信じがたいことを言った。

「お前を、二週間この屋敷に監禁することにした」

「はぁ!?　何考えて……っ、そんなの、犯罪だろ」

動揺のあまり声が裏返ったが、リナルドは相変わらず落ち着いた調子で言った。

「それが調べてみたら、この国の法律では犯罪には値しなかったんだ。〝配偶者〟は〝主人〟に行動の全てにおいて許可が必要となる。自傷行為がやめられないなら、〝主人〟として管理するしかない」

「なっ……ふざけるな。二週間も、休める訳ないだろ」

「そんなことはない」

「ある！　俺がどれだけの仕事を抱えてると思ってんだ」

「ない。フィーノがいなかったら混乱はするかもしれないが、そのうちに別の人が代わりを務める。そういうものだ。集団で生きている生き物は皆、誰かしらがその役割を埋めるようになってる。役割のためにいなきゃいけない者なんかいないんだ」

——お前に価値なんてないんだよ。

かつてずっと言われてきた言葉と溶け合って、頭の中が真っ赤になりそうになった。

自分の価値を高めるためだけに、今まで文字通り身を削るようにして必死に生きてきたのに。

「うるさい！　お前に何が分かる……っ、自分がしたことを何もかも忘れたくせに、お前に俺の何が……ッッ、アッ……？」

「フィーノ!?」

「っ、あぁ……」

不意に胃がギリギリッと尋常じゃなくねじれるように痛み脂汗が噴き出す。屈《かが》み込《こ》みゴホッと咳《せ》き込《こ》んだ。手のひらに血が付いている。

「……へ？　な、に……なん、……っ」

パニックに陥り全身を震わせていると、リナルドが優しく背中を撫《な》でながら呼び紐を引いた。

「今医者を呼ぶから落ち着け、大丈夫だ。いや……大丈夫ではないが、死ぬことはない。まだな。メルバの噛《か》みすぎだと、医師が言っていたぞ」

「え？」

「メルバは古代シュレナにもあったが劇薬だ。あれは一時的に眠気を覚ますが、摂取しすぎると腹を傷つけ、ひどい時は吐血する。腹痛や眩暈《めまい》だけでなく、強い幻覚症状まで出る」

「幻、覚……？」

脳裏に、ジルドの霊がよぎった。

「毒性が強いから蓄積すると死ぬ者もいる。……フィーノはその一歩手前だと。これまで毎日、どれだけ摂取してたんだ？」

リナルドが呆《あき》れたような、だがひどく悲しそうな声で言いながら、フィーノの口元の血を拭《ぬぐ》う。

一日一粒までだったのを、気づけば四粒も五粒も飲んでいた。手にべったりとついた血を見てようやくその異常性に気付くと愕然《がくぜん》として目を見開く。

心の中では分かっていた。こんなことをしても意味はない。リナルドの言う通りだ。

フィーノがもし急にいなくなったとしても、きっと時間が経《た》てば皆が自分を忘れるのだと。ジルドがそうだったように。

がむしゃらになったところで、本当に欲しいものは何一つ手に入らないのだと全部分かっていた。

「役割のために必要な人間なんていないが、私にとってフィーノは絶対にいなくてはならない人だ」

「なに、言って……」

「シモーネから、フィーノが火事のあった五階に向かったと聞いた時は耳を疑った。フィーノは誰よりも火が怖いはずなのにどうしてそんなことをしたのかと……火に巻かれそうになっている姿を見て、心臓が潰《つぶ》れそうなほど心配したのに……腕に抱いていたものを見て、愕然とした。あんな紙切れが命よりも大事だったのか」

「紙切れじゃない。あれは、絶対に失くしては……っ」

「紙切れだ。フィーノの命以上に大事なものなんて、私にはない」

「……え？」

「……もう二度と、あんなことはするな。頼むから」

リナルドが震える声で言いながらフィーノを抱きしめる。その腕もまた震えていて、フィーノは目を見開いた。

——お前自身に価値はない。配偶者として愛することは出来ない。せいぜい、他の方法で役に立つように考えろ。

かつて、同じ声で言われた言葉を思い出す。意味が分からない。長いことフィーノの存在を否定していたのはリナルドなのに。

だが今リナルドが口にした言葉は、心の底でずっと求め続けていた言葉だった。子供の頃からずっと。何の役に立たなくても、せめて家族や伴侶《はんりょ》にだけは大切にして欲しかった。

気付けば泣いていた。リナルドに対してひどく怒っていたけれど、その涙は怒りから流れ出たものではなかった。

「……お前は、誰だ？」

自然と、その言葉が口をついた。リナルドが驚きに目を見開く。

「え？」

ずっと嫌って邪険にしていたじゃないか。俺が死んだら笑って喜びそうなぐらいに。俺が苦しんでいようと悲しんでいようと笑っていたじゃないか。

どうして同じ顔で、同じ口で、ずっと欲しかった言葉を言うのだ。

「お前一体、誰なんだよ……っ」

泣きながらそう問いかけるフィーノを、リナルドは困ったように見つめ、そしてそっと抱きしめてくれた。

■2章――⑤

腹部に温かさを感じて、フィーノは目を覚ました。

この屋敷に監禁すると言われてから、三日目の朝。

こんなにも仕事を休んだことがないのでソワソワしていたが、不思議と、長年感じていた強烈なほどの不安感はなかった。

気付かないうちに本当に体がボロボロになっていたようで、初日はほとんど起き上がれず、何も口に出来なかったが今朝《けさ》はもう随分楽になった。

吐血までしたというのに、今朝は普通に腹が減っている。やけに治りが早いような気がした。

腹部に手を当ててみると、やはり温かい。夢を見ている間中、誰かが腹に手を当てていたような気がする。

(もしかして、リナルドが……?)

――フィーノの命以上に大事な物なんてない。

あの言葉は、〝今の〟彼の本心なのだろうか。もしあれが心からの言葉なら、もう一度だけ彼を信じて、やり直す道もあるのだろうか。

（でも、なんでだ？　なんでそこまで思ってくれるんだろう）

そこまで盲目的に愛してくれる理由が分からない。

ただ不思議と、あの言葉は嘘《うそ》ではないような気がするのだ。

考えても考えても答えが見つからずに寝転がっていると、ノックの音がして鍵が開き、ロッシが入ってきた。

長い間執事を務めている彼は〝監禁〟という主人のこんな凶行にも動じていないようだ。フィーノの着替えを手伝い終えると静かに言った。

「お医者様が、今日から粥《かゆ》ぐらいでしたら食べてもいいとおっしゃっていました。こちらの部屋に朝食をご用意いたしますが、よろしいでしょうか」

フィーノは少し考えた後に言った。

「いや、食堂に運んでくれ」

「え？」

ロッシが珍しく驚いた顔をしたが、フィーノは微《かす》かに笑った。

「……いいんだ。頼む」

食堂の扉を開くと、すでに朝食をとっていたリナルドが大げさに驚いてナイフとフォークを取り落とした。

「え？　フィーノ？　なんでだ？」

「……俺は別に病人じゃない。部屋よりこっちのほうが、広くて食べやすい」

顔を背けて言いながら席に腰を下ろすと、リナルドが「フィーノ！」と言って席を立ち、抱きついてこようとしたので慌ててその体を押し返して席に戻した。

給仕係達がフィーノの分の朝食を運んでくる。薄い粥だが、久しぶりの食事に食欲をそそられた。

そもそもこんな風に朝食をとるのは一体何年振りだろうか。

スプーンですくって冷ましながら口に運んでいると、リナルドが食べる手を止めて食い入るようにこちらを見てきた。

「……なんだよ」

食べにくいと睨《にら》みつけると、彼は感慨深げに言った。

「まさかフィーノが自ら私と一緒に食べてくれるとは……。よし、今日はフィーノが心を開いてくれた記念日だ！　祝日ということにして私も仕事を休むとしよう。一日仲良く共に過ごそう！」

「何言ってるんだ。お前は城に行って、俺の代わりに火事で焼けた資料の確認をしてきてくれ」

それを伝えるために、食堂に来たと言うと、リナルドは「そんなぁ」と肩を落とす。

あまりにもがっかりとしたその顔に、少し笑ってしまった。この十年あまり、ずっとリナルドを怖いと思っていたが、今の彼はどこか可愛らしい。

朝食を終えると、フィーノはリナルドに部屋に立ち寄って貰《もら》った。

「悪いんだが、あの火事の現場から俺が持ち帰ってきた書類全部、文書室に戻しておいてくれ。どれが焼けたとか、残ってるとか、多分これから全部調査されると思うから」

引き出しを開けながらそう頼むと、リナルドは覗《のぞ》き込《こ》みながら一瞬首を傾げた。

「……ん？」

「どうかしたか？」

「いや、なんでもない。あんな状況下でこれだけの量を持って帰ってくるとはなぁ」

どこか呆れたような、責めるような口調だった。もう二度とするなと念を押すと、リナルドは引き出しに入っていた書類を腕に抱える。

「頼んだぞ」

「ああ任せろ。だがその代わり、今日の出仕の見送りをしてくれないか？」

「は？」

リナルドは腕に抱えた書類を掲げながら美しい緑の瞳《ひとみ》を細めて微笑《ほほえ》んだ。

「全ての労働に対価を、だ。フィーノが見送ってくれたら、今日も頑張れる気がする。ハンコ押し」

元はと言えば、お前が監禁なんて凶行を働いてきたからだろうがと思うが、まだ延々とハンコ押しをさせられているのかと少し哀れになる。

華麗な剣技を見せていたリナルドの姿を思い出すと、彼が早く本業に戻れることを願った。

仕方なく、使用人達と共に王城行きの馬車に乗ろうとするリナルドを見送ることにした。彼は馬車に乗り込む直前くるりとこちらを向き笑顔で恥ずかし気もなく言った。

「すぐ戻る。愛しているぞ、フィーノ」

後ろで控えていたメイド達が「きゃあっ」と黄色い声を上げる。

「やめろ！」

さらに抱きしめてこようとするのを思い切り腕を突っぱねて、馬車の中に荷物を詰め込むようにリナルドを押し込み、思い切りドアを閉めた。

「うわっ、なんて乱暴な見送りだ」

悲し気に窓からこちらを見てくるが、御者にさっさと馬車を出すように頼んだ。

ピシッというどこか無常な鞭《むち》の音と共に馬車が出発していくと、フィーノはまだ窓から顔を出して何か言っているリナルドを無視して屋敷に戻ろうとしたが、ロッシに呼び止められる。

「フィーノ様」

「え？」

「顔が赤いようですが、お熱があるのでは。すぐに医者を呼びます」

その言葉に一瞬首を傾げたが、その後さらに頬が熱を持つのを感じた。

「え!?　い、いや、必要ない。暑かっただけだ。俺は本当に病人じゃないんだから、構わないでくれ」

そうして、フィーノはなおも引き留めようとするロッシから逃げるように、小走りに屋敷に戻った。

■3章——①

王城へと続く馬車の中、リナルドは〝あの頃〟とはまるで違う景色を眺めていた。

まさかフィーノが共に朝食をとってくれるとは思わなかった。自分は彼に随分嫌われていると思っていたからだ。


——お前は一体、誰なんだ。


あの時、泣きながらフィーノから問われた言葉に、リナルドはどう答えるべきか分からなかった。

自分はもう、彼の知る〝リナルド〟ではなかったから。

大怪我《おおけが》をして生死の境を彷徨《さまよ》い、目が覚めたら前世の記憶を取り戻していた。

ここ一カ月の自分について端的に表すならそういう状況だった。

古代シュレナの魔法使いベルミリオの弟子のゼノス。それがリナルドの前世だった。

ゼノスはベルミリオを愛していたが、その想いはついに伝えることが出来なかった。

あれから千年という長い時を経て、ようやくベルミリオの魂を持つ者と巡り合えた。それがフィーノだった。

その上、フィーノとは婚姻関係にあると知ったときは、涙が出る程嬉《うれ》しかった。運命によって惹《ひ》かれ合ったのだと信じて疑わなかった。

今度こそ、誰にも邪魔をされずに生涯離れず愛し合って生きていきたい。そう思っていたのに、フィーノにはなぜかひどく嫌われている。

前世の記憶は鮮明にあるのに事故以前の今世のリナルドの記憶は非常に曖昧《あいまい》だ。

自分の立場や周りの年齢や役職、文化的背景などはなんとなく頭に入っているが、具体的にどういう関係だったのかが分からない。

周りに聞いてみる限り、フィーノとひどく仲が悪かったらしいことだけは分かっているが、自分でその記憶が思い出せない以上、全てが靄《もや》の中にいるようだった。

――コルネリウス王統治時代　古代シュレナ帝国。

首都レッセル（後のレノヴァ）はどこも孤児で溢《あふ》れかえっていた。

当時の国王コルネリウスは大改革と称して様々な改革を行っており、その一環で奴隷の解放を行ったが、段階を踏まずに突如行われたそれにより、国民は大きな経済的混乱に陥り領地経営も商売も立ち行かなくなった者が多かった。

また、解放された奴隷たちはそのまま国の保護を受けて職業に就く者もいればシュレナ国民に積年の恨みをぶつける者達も大勢いた。

ゼノスは貧しい商家の生まれだった。

奴隷解放の煽《あお》りを食らって商売が立ち行かなくなって生活が厳しくなると、父母は兄弟の中から迷わずゼノスを捨てた。

シュレナ帝国では魔法が発達しており、生活のすべてがそれを基盤としていたが、ゼノスは兄弟の中で一番、魔力が低く、育てたところで役に立たないと思われたからだ。

六歳にしてひとりになったゼノスは、首都レッセルにあるエルクルム孤児院に引き取られたが、そこでの生活は劣悪なものだった。

溢れかえる孤児に対して十分な食料も衣料品もなく、弱肉強食の世界だった。

富裕層からの寄付を受けているが、その金は子供達には回らず孤児院の院長たちが着服して私腹を肥やしていた。

古代シュレナでは魔法の才能で優劣が決まる。

ゼノスはその才能に恵まれなかったため、上級生達から激しい虐待を受けていた。

入ったばかりの頃はまだ反抗する気力があった。魔法の才能を伸ばして強くなればいじめられなくなると思っていた。強くて才能があれば、誰からも虐げられないと信じ、努力した。

だが、二年経《た》っても三年経っても何も変わらず、四年が経つ頃にはもう諦《あきら》めて無気力になり、ただ大人しく虐待を黙って受け入れるようになった。


今日は妙に孤児たちが浮足立っている。なんでも、この孤児院に莫大《ばくだい》な寄付をしているという偉大な魔法使いベルミリオが来るというのだ。

それも、ただの視察ではなく、孤児たちの中から弟子を取りたいのだと言う。

皆、自分こそは選ばれるのだと朝から意気込んでおり、ゼノスはそれを冷めた目で見つめていた。

引き取られたとして、金持ちの奴隷になるようなものなのに、何をそんなに喜んでいるのだろう。

「おいっ、今日はベルミリオ様がいらっしゃるんだぞ。掃除は念入りにやれと言っただろう！」

「……今やってる」

「口答えをするな！　無能のくせに」

年上の孤児たちが寄ってたかってゼノスを殴り、蹴飛《けと》ばしていた。全身は青あざだらけになって腫《は》れあがっているが、院長も誰も、その暴力を咎《とが》めなかった。

——死んだら死んだで、余計な食い扶持《ぶち》が減るだけで助かるわ。

——あの無能は生かしておいたところで、将来的に役にも立たんからな。

やがて気が済んだのか、彼等《かれら》が皆いなくなったことを確認すると、ゼノスは足元にあったバケツを蹴とばした。

「……みんな死ね」

あの頃、この世の全てが憎かった。自分を取り巻く環境も、自分を捨てた両親も、何より無能な自分自身も。何もかもが憎くて、こんな世界滅びてしまえばいいと本気で思っていた。

——彼に出会うまでは。

「こんにちは坊や。ここの孤児院の子かな？」

蹴とばして転がっていったバケツを手に取って振り返ると、この暑いのに長袖《ながそで》のローブを着て目深にフードを被った男が立っていた。

見るからに不審そうな男だ。

「そうだけど、誰だ？」

「ああごめん。俺はベルミリオっていう者なんだけど。院長から今日訪問するって話を聞いてないか？」

その話は知っているが、本当にこれがベルミリオなのだろうか。

こちらの不審な目を感じ取ったのだろう。男は慌ててフードを取った。

ちょうどその時、石造りの窓から朝の白っぽい陽ざしが差し込んできて、彼を柔らかく照らした。

その時の光景は一生忘れることはない。

まばゆい金の髪に薄紫の瞳。微笑を浮かべた形の良い薔薇色《ばらいろ》の唇。陽だまりの中に佇《たたず》むその姿は、まるでこの世の者とは思えない程に美しかった。

「女神、様……？」

長い事言葉を失った末にそう呟《つぶや》くと、男はスパッと切り捨てるように即座に首を横に振った。

「いやごめん。不審者でも女神でもないお酒が大好きなロクデナシのおじさんです。お仕事は一応魔法使いやらせて貰ってます。……ところであのさ、ここって何階か分かるかい？　院長ってどこにいるんだろ」

まるで全ての神々しい雰囲気をぶち壊すように地図を片手に矢継ぎ早に質問され、ゼノスは衝撃に箒《ほうき》を落としそうになった。

「おーいどうしたー？　困ったな。もしかして異国の子とか？　……いや、さっき普通にシュレナ語話してたか」

男はぶつぶつ言いながらもう一度地図を見て「分かったぞ」と自己解決をした後に全然違う方向に歩き出そうとしたので慌ててそれを止めた。

「院長がいるのはあっちだ」

「案内してくれるのか？　助かった」

黙って歩き出すと、ベルミリオと名乗った男は安堵《あんど》したように笑いながらついてくる。チラリと見上げると、そこにはこの世のものとは思えない美しい顔があって、ゼノスは混乱に俯《うつむ》いた。

確かに、この人並外れた美しい顔を見ると偉大な魔法使いベルミリオと言われても納得してしまう。

（すごくいい匂いがする……）

嗅《か》いだことのない甘い匂いに、微《かす》かに鼓動が高鳴って思わずベルミリオを見上げると、彼は自分のローブの匂いを嗅いだ。

「あ、すまん。魔法薬作りで昨日から夜通し色んな虫の死骸《しがい》を煮込んでたから臭いかな？　香水代わりに魔法草の汁を付けてみたんだけど、意外といい匂いなんだよな。若者たちと接するから、匂い作法には気を付けないとな」

ワハハと顔に似合わない豪快な笑い方をされて、ときめきもぶち壊しにされ、もう一言も喋《しゃべ》らないで欲しいと切に思った。

やがてシスター達のいる応接間に案内を終えると、ゼノスは黙って踵《きびす》を返した。

「ありがとう。本当に助かった。また後で坊やの実力を見せて貰《もら》うよ」

後なんてもうない。どうせ無能で選ばれもしないのに、参加するつもりはなかった。

院長は、即戦力になりそうな上級生の優秀な子供達を中心に魔法を披露させようとしたが、ベルミリオはあくまで全員の魔法を見たいと言っているらしく随分長い時間がかかっているようだ。

魔法使いというのは暇なのだろうか。

押し付けられた雑用や掃除を一通り終えると、木陰で昼寝することにした。

今日は全員、ホールに集められているから、絡まれて殴られることもなく快適だ。誰が選ばれようと心底どうでもいい。

そう思いながら昼寝を終えてホールに戻ると、まだ魔法の披露は続いていた。

「おっ、君、なかなかすごいな。肩の力を抜くともう少し威力出せると思うぞ」

一人一人に助言をしているせいか、かなり時間がかかっているようだ。最後の一人が終わると、全員が「やっと終わったー」と言うように伸びをした。

皆、魔法の上達よりも、誰が選ばれるかの方がよっぽど重要なのだ。その時、ベルミリオが辺りを見回した。

「あれ？　もう一人は？」

「こちらで全員です」

「いや、でももう一人いますよね？」

物陰でギクリと肩を揺らした。院長は何とも言えない笑みを浮かべた。

「ああ。おりますが、正直ベルミリオ様の弟子にしていただけるような魔力では……」

「そうだそうだ。あいつ、水すらまともに出せないいんだぜ」

クスクスと笑いが満ちるが、ベルミリオは首を横に振った。

「全員のを見せて欲しいんだ。……ホラ、さっきからそこに隠れてるお前、こっちに来なさい」

ビシッと指を差されて、ゼノスは仕方なく柱の陰から顔を出した。

「ほら、やってみて」

「出来ません」

「出来ないってことはないだろう。多かれ少なかれ魔力がある子供しか、この孤児院には入れられていないんだから」

ゼノスの実力を知っている他の子供達からクスクスと嘲笑《ちょうしょう》が上がる。

道案内をしてしまったばかりに顔を覚えられて面倒なことになった。とりあえず一度見せたら諦めるだろうと水魔法を使う。

すると、締め忘れた水道の蛇口のような水がポトポトとその場に落ち、ドッと笑いが起きた。

（みんな死んじまえ）

何度思ったか分からない言葉を心の中で思い描くと、ポンッと頭に手を置かれた。

「よし、君に決めた」

「は？」

「院長、この子を明日……いや、今日から連れ帰っていいでしょうか」

「えっ、ですが……」

「私はこの子に可能性を感じたんだ。頼む」

やはりそうだ。奴隷代わりの弟子だから、魔法の出来はどうでもいいということだろう。

「ゼノス。ほら、支度なさい」

そう言われても動かずにいると、院長が手を振り上げた。

「お前のような何も出来ない子供を引き取って下さると言っているんですよ！」

そうしていつものようにその手が振り下ろされそうになった時、直前でベルミリオがその手首を摑《つか》んだ。

「やめなさい。この子は奴隷じゃないでしょう。……それから院長。私の寄付金はあまり有効活用されていないようなので、また後日使い道について念入りにお聞かせ頂けますか？」

すると院長は途端に真っ青になって何かゴニョゴニョと言い訳をしようとしたが、ベルミリオはそれを無視してゼノスの前にしゃがみ込んだ。

「弟子は嫌か？」

返事をせずに目を逸《そ》らすと、ベルミリオは「うーん」と唸《うな》り、その後に笑いながら言った。

「じゃあ家族はどうだろう？　何も気兼ねはいらない。俺達は対等だ」

夕日の差し込むホールの中で微笑《ほほえ》むベルミリオは、やはりとても神々しく、圧倒されるほどに美しかった。

「ゼノス。俺の家族になってくれないか」

差し出された手を、思わず握り返していた。騙《だま》されてもいいかと思える程に、ただただ彼が美しく、神々しかった。

ベルミリオの屋敷は、シュレナ城からは少し遠い海辺の町にあり、世界的な魔法使いとは思えないほど屋敷の外観は質素な物だった。

昔家族と暮らしていた家とさして変わらないと驚いていると、ベルミリオが「豪邸に住めると思ったか？　残念」と笑った。

「すっごく散らかってるけど、ごめん」

そう言われて足を踏み入れてみると、本当に散らかっている。

あちこちに実験道具やら本やらが山積みになっていた。これは自分が片付けるはめになるんだろうなと思いながら見回した。

実験室には、昨日徹夜で煮込んだという虫の死骸の鍋《なべ》が置かれていて、とんでもない惨状を呈していた。

「とりあえず座ってくれ」

ベルミリオはゼノスのティーカップに茶を注《つ》ぎながら、自分は酒を出してきて、どう見ても魔法具と思われるビーカーに注いだ。虫の死骸を煮込んだりした時に使った魔法具じゃないだろうかと思ったが、ベルミリオは笑いながら手を振った。

「大丈夫大丈夫。そこらへんはちゃんと分けてるから」

そう言われて恐る恐る口をつけると、花のようないい匂いと甘味があり、とても美味《おい》しい。

「あっちが魔法の実験室兼実習室。こっちが生活空間。使ってない部屋は三つぐらいあって物置になってるが、昨日鍋で煮込みながら徹夜で一室片付けたからそこ使え。……んで、早速質問なんだが、ゼノスは将来どうなりたいんだ？」

「え？」

「魔法が上手《うま》くなりたいと思う気持ちはあるか？」

「あります」

「敬語は使わなくていい。言っただろ？　家族になってくれと。呼び方もベルでいい」

「いや、でも……」

戸惑《とまど》うゼノスに「いいからいいから」とベルミリオは僅《わず》かに赤らんだ顔で笑い、肩をパシパシと軽く叩《たた》く。

「魔法は上手くなりたい。けど、無能なんだ」

「まだ無能と決まった訳じゃない。水魔法の適性がなかったか、教え方が悪かったのかもしれんぞ」

「でも、全属性だめだったんだ」

「ではあれだ。晩成型なんだろうな。まあ、とにかくやる気があるならいいんだ」

「……ベル」

「ん？」

「どうして、私を弟子にしてくれたんだ？」

「そりゃあもちろん、あの中じゃお前が一番伸びしろがあったからだ。これで後からお前が物凄《ものすご》い魔法使いになったらどうだ？　物語性がすごいだろ。魔法でコップ一杯の水も出せなかった、ひ弱な厭《えん》世家《せいか》の少年が今じゃ偉大な魔法使い！　みたいな感じで、絶対に後の世に語り継がれると思う。ついでに俺も、偉大な魔法使いだけではなく教育者としても偉大だと世に知らしめられる！」

将来性の塊と豪語されたが、よく考えてみると現時点を物凄くけなされている気もしてムッとした。

するとベルミリオは酒を飲み干しながらフッと笑ってゼノスを見て、自分の袖《そで》で不意にゼノスの頬を拭《ぬぐ》った。そういえば今朝《けさ》、孤児院で頬を踏みつけられて靴跡がくっきりついていたのを忘れていた。

彼はゼノスの前で手を翳《かざ》すと、白い光を出した。温かい光に全身が包まれると、みるみると痣《あざ》が消えていく。詠唱もせず、魔方陣も描かずにこんなに綺麗《きれい》に治せるなんて、まさに魔法だ。

「……お前が昔の俺に似ていたっていうのもある」

「え？」

ベルミリオは酒を注ぐと、少し真剣な顔で言った。

「偉い人の言葉にな、こういう言葉がある。〝強くなれ、さすれば自由に生きられる〟」

「聞いた事ないですが、誰の格言ですか？」

「えっ、知らないのか？　ベルミリオって人の格言」

言いながら、ベルミリオはワハハと笑った。笑い方は下品なのに無駄に笑顔が綺麗なのに腹が立つ。

（綺麗なだけで中身適当なおっさんだ……）

そう思いながら茶を飲んだ。

「よし、じゃあそれ飲んだら今日はとりあえず歯磨いて寝ろ」

「えっ」

まだ何もしていないし、仕事内容も教わっていない。

「長旅で疲れただろ？　子供はよく寝なさい。明日から厳しい特訓が始まるんだからな。俺も昨日は片付けで徹夜だったしもう寝る」

そうして、彼は大あくびをした後にゼノスの頭を撫《な》でて言った。

「大丈夫。お前は必ず大物になる。俺はそれを信じてる。だからお前も、俺を信じてついて来てくれ」

そうして彼は部屋に行き、そのまま本当に眠ってしまった。

ゼノスに与えられた部屋は、本当に一晩で片付けたんだなという感じがして、不自然なぐらい殺風景だったが、ベッドの毛布はしっかり干されていて孤児院のものと比べ物にならないぐらいふかふかだった。

幼い頃、まだ両親と暮らしていた頃の自分の部屋を思い出して、毛布にくるまると久しぶりに涙が流れた。

本当になれるのだろうか。彼を信じれば、みんなから無能と馬鹿にされてきた自分が、偉大な魔法使いに。

目を閉じると、瞼《まぶた》の裏に焼き付いたベルミリオの美しい姿が浮かび上がる。

ゼノスはまるで神に祈るように手を組んだ。


翌日、ゼノスは日の出前に飛び起きた。

「……寝坊した」

孤児院ではもっと早く起きていたのに、毛布と枕がふかふかすぎて熟睡してしまった。鞭打《むちう》ちの罰を与えられると、慌てて箒《ほうき》を摑んで家の前や玄関を掃く。

孤児院では掃除や炊事は当番制だったが、ここでは自分以外に子供がいないのだから全てこなさなければならないだろう。

掃除を終わらせると、慣れない台所で慌ただしく炊事の支度をし始める。カマドに種火を点《つ》ける程度の魔法なら自分にも使えるはずだ。そう思いながら手を翳した時、その手首を思い切り誰かに摑まれた。

驚いて見上げると、少し慌てた様子のベルミリオが立っていた。

「なんだなんだ、こんな時間に物音がするから、泥棒かと思ったぞ！」

「す、すまない。寝坊してしまった」

そうして両手を差し出す。孤児院では、規則を破った時は自ら手を差し出し、鞭打ちの罰を受けなければならなかった。

するとベルミリオは不思議そうに首を傾げた後、まだ日の昇り切らない窓の外を見つめながら首を横に振った。

「子供はちゃんと寝なさい。日の出前に起きるの禁止な。あとこの家は火気厳禁だから」

「え、でもそれじゃあどうやって炊事をするんだ？」

するとベルは得意げに人差し指を立てる。

「問題ない。うちは全部雷魔法のオール電化でやらせてもらってます」

特殊な鍋を置き、その下にピリッと小さな稲妻が走ったかと思うと、火もないのにしばらくして湯がグツグツと湧いた。

「んな面倒な……」

「慣れてくると電気の方が火の通りもいいし、火事の心配もないし良い事ばっかりだぞ。今度教えてやるから、とにかくもうちょっと寝てろ」

「炊事と掃除と洗濯は？」

「それは俺と交代制だ。生活に慣れてきてから色々教えてやる。お前の本業はまず魔法をどうにかすることだろ」

「ええ……？」

魔法使いの弟子で、下働きなしなんて聞いた事がない。孤児院では当たり前のことだったし、それどころか、家族の元にいた時も、無能だからせめて何かの役に立てと言われて、物心ついたばかりの頃から水汲《みずく》みなどの重労働をさせられていた。

「とにかく、寝ろ。俺はあと二時間ぐらいは寝たいんだから」

「私はもう眠くない」

するとゼノスは少し意地の悪い笑みを浮かべた。

「……よく寝ないと大きくなれないんだぞ。いいのか？」

その言葉は、成長途中の男子として深く突き刺さり、ゼノスは慌てて部屋へと戻った。

後から知ったことだが、この時期ベルミリオは国王から受けた仕事でひどく忙しかったらしく、本当は弟子を取る余裕はなかったらしい。

自分には「寝ろ」と言いながら睡眠時間を削って熱心にゼノスに教えてくれていたのだ。

しかし、肝心の魔法はあまり上達せず、一年ほど経《た》った頃からは魔法以外の宗教学やら哲学やら数学など、他の勉強時間も増えてきていた。

もしかして、あまりにも魔法の才能が見込めないからそろそろ見限られているのではないだろうか。弟子をクビになるのではと戦々恐々としていたある日、ベルミリオが不意に言った。

「よし、今日は授業を臨時休講として、海に行こう」

「……やだ」

「ええ？　何でだよ。お休みだぞー？　普通は喜ぶもんじゃないのか」

そんなことよりも練習がしたかった。早く上達しなければ捨てられるという焦りがある。母に捨てられた日のことは、今でもよく覚えていた。

だが、ベルミリオは魔法の練習をしようとするゼノスから杖《つえ》を取り上げた。

「ダメダメ。師匠の言うことは絶対だ。おら行くぞ！」

師匠ではなく、家族になってくれと言ったくせにと思いながら、ゼノスは渋々海に向かった。

ベルミリオは元々海が好きらしい。普段から、勉強の合間に何度もゼノスを連れて海岸を訪れていた。

「いやぁ、いつ来ても海はいい！　自由だと実感できるなぁ」

「……泳がないのか」

海が大好きだという割に、泳いでいるところを見たことがない。だが、彼は首を横に振った。

「ああ。俺はここから眺めるのが好きなんだ。ゼノスは泳いできなさい」

「やだ。太陽なんて嫌いだし、体動かすのも嫌いだし、日に焼けたくない」

フードを目深に被って言うと、ベルミリオは呆《あき》れたように腰に手を当てた。

「なにおう。ジメジメジメジメとキノコみたいな奴《やつ》だな。落ち込んでる時は、太陽の光を浴びるのが一番なんだ」

「落ち込んでない」

「落ち込んでいるだろ？　どうしたんだよ」

「……どうせこのままこの海辺に置きざりにする気だろ？」

「あぁ？　なんで？」

「私がいつまでも無能だから」

膝《ひざ》を抱えて言うとベルミリオはあっはっはと海に向かって大声で笑った。

「俺はお前に家族になってくれと頼んだんだぞ。家族にクビもなにもないだろう。第一今日はお前が夕食当番なのに置き去りになんてするか」

おかしくて仕方がないというように腹を抱えて笑っている。右手には酒瓶を持っているし酔っぱらっているのだろう。ベルミリオは海も大好きだったが、海辺で酒を飲むのが一番好きだった。

「なら最近、魔法以外を教えるのはどうしてだ？」

「それはお前、魔法しか学んでなかったら魔法使いにしかなれないだろ」

言われた言葉が理解できずに、硬直してしまった。

「は？　……私を魔法使いにするんじゃないのか？」

「それはお前が本当に魔法使いになりたいならな。でも別に、他に興味があるならなんでもいいよ。人間は役割のために生きている訳じゃないんだ。好きな授業を見つけて、なんでもいいからそれを伸ばせ。哲学者とか向いてそうだなお前」

それからベルミリオは白い雲を見上げると、ポンとゼノスの頭に手を置いて言った。

「お前は奴隷じゃないんだから、何者になりたいか選ぶ権利があるんだよ」と。

「俺が言ってる〝強くなれ〟っていう強さってのは魔法とか武力だけじゃない。知力とか探求心とかなんでもいい。どんなものでも極めたら生きる力は強くなる」

「魔法使いの弟子なのに？」

「俺はもともと、家族になって欲しいと言ったはずだ。……実は、弟子を取れ取れって周りからずっとうるさく言われていてな。形式的に誰か取れば言われなくなると思ったんだ」

「なんだ……」

じゃあ誰でも良かったんだなと、恨めし気にベルミリオを見つめながら、体育座りした膝に顔を埋《うず》めると「めんどくせーなー」とベルミリオが頭をかいた。

「あのな、ゼノス。お前は俺にとって初めての家族なんだ。正直、家族ってどんなものだろうと思ってたけど、この一年、俺はお前と一緒に暮らして楽しかったぞ。お前以外を家族にするのはもう考えられない。だからもう、お前が別に、魔法使いになろうが哲学者になろうがどうでもいいさ」

その言葉に思わず目を見開いた。魔法が使えないからという理由で、実の親にすら捨てられたから、ずっと怖かった。魔法が使えないままだったら、また捨てられるのではないかと。

「私が……この先ずっと無能でも捨てない？」

無意識に涙が零《こぼ》れ落ちた。

「捨てる訳ないだろ。大事な家族なんだから……うちに来てくれてありがとう」

ぎこちなく、慣れない手つきでベルミリオはそっと抱きしめてくれた。潮騒の静かな音と、その優しい温《ぬく》もりに、ゼノスはしばらく、彼のローブに顔を埋めて泣き続けた。

いつまでそうしていただろうか。波の音が徐々に凪《な》いできた頃、ベルミリオが「アー――ッ」と雰囲気を壊すような大声を出した。

「なっ、なんだ!?」

「ほら、見てみろ。今が一番いい時だ」

そう言ってベルミリオが指差した先は夕陽に紅く染まった海だった。それは見たこともないぐらいに美しかった。

「俺はこの景色が一番好きなんだ」

そう言って笑ったベルミリオの方が美しくて、ゼノスは小さな胸の鼓動が高鳴るのを感じた。

■3章──②

それからは驚くほど幸せで、平穏な毎日が続いた。

よく寝ないと背が伸びないと毎晩脅されてたっぷり寝る生活を送っていたせいか、ゼノスの身長はぐんぐんと伸び、十四歳になる頃にはベルミリオを追い越していた。

ベルミリオはゼノスを家族として扱ってくれたが、ゼノスにとって彼は師匠であり、憧《あこが》れであり、そして時に神のように崇《あが》めたくなる存在だった。

彼はまるでこの世界を照らす太陽のように明るくて、ゼノスの生きる道を照らし続けてくれていた。魔法に伸び悩んでも、他に道が見つからずに苦悩しても、彼はいつもその時欲しい言葉をかけて励ましてくれた。


「はぁーっ、買った買った！　これ以上は腕がもげる」

久しぶりの休日に、最新の魔法書やら薬草などを大量に買い込み、家路につく。全部持つと言っても頑《かたく》なに半分こは譲らない。

「しかし暑い！　なんなんだこの暑さは～～っ」

「半袖《はんそで》ローブにすればいいんじゃないか」

魔法使いは基本的にローブを着る決まりにはなってはいるが、そのローブに規定はない。

特にシュレナは温暖な気候で夏にローブは暑すぎるため、夏場はノースリーブのローブや、半袖のローブが主流だった。

ゼノスは半袖のフード付きローブを着ている。ベルミリオが買ってくれたものだが、本人は暑苦しい長袖ローブを着ている。

「馬鹿。半人前のお前はともかく、偉大な魔法使いで名の知られている俺がそんなチャラついた格好が出来ると思うか？　大体、俺が若い頃にはそんなローブはなかったぞ」

「流行についていけないおじさん」

「うるさいっ、まったく。いつのまにこんなに生意気になったんだ。ちょっと魔法が使えるようになったからって調子づいて」

ベルミリオの根気強い教育のおかげで、ゼノスは近頃随分魔法が上達した。とはいうものの、ようやく同年代の平均ぐらいの能力に追いついたというところだが、孤児院にいた時と比べたらものすごい進歩だった。

最近のベルミリオは仕事がさらに忙しくなっていて、十分に魔法を教える時間がないらしく、ゼノスは仕事の手伝いをしながら魔法を学ぶようになっていた。

もう基礎的な魔法は問題なく使えるので、どうにか手伝いぐらいなら務められるようになっている。

「国王もなぁ。次から次へと魔法を開発しろって言うけど、俺の体は一つだけだっつーの」

「引き受けなければいい」

「そうはいかない。国王陛下は恩人だからな」

「……恩人？」

その言葉に思わず顔を顰《しか》めた。ゼノスはコルネリウス王があまり好きではなかった。幼い頃自分が捨てられたのは、コルネリウス王の奴隷解放政策がきっかけだったからだ。

あの政策により、多くの孤児が出た。するとそれに気づいたのか、ベルミリオは慌てたように笑って言った。

「そうだよなぁ。立場が違えば、恩人にも仇《かたき》にもなるなぁ」

「え……？」

どういう意味だろうかと思っていた時だった。やたらと焦げ臭い匂いが鼻先を掠《かす》めた。それに、何やら妙に騒がしい。

「火事だ!!」

そう叫ぶ民衆の声。レストランの調理場から煙が上がっている。かなり強い火のようだが、ベルミリオの水魔法で消せばすぐに消し止められる。

いつもならこういう時に真っ先に駆け付ける人なのに、立ち尽くしている。炎を見る目は光を失くし、薔薇色《ばらいろ》の頬は色を失くしてひどく青ざめていた。声を失くして、小刻みに震えている。

「ベル？」

いつも明るく笑っている彼のこんな表情は初めて見たので驚いたが、ベルミリオはハッと何かに気づいたように言った。

「……行こう」

そうして、ベルミリオは駆け付けると、強力な水魔法で一瞬で消火した。

「ありがとうございます！　ベルミリオ様！」

レストランの亭主が礼を言う。いつもならふざけた調子で返すのに、何も返事をしない。

「ベル」とローブの袖を引きながらその顔を見てハッとした。真っ青な上、何か不明瞭《ふめいりょう》な言葉をぶつぶつ呟《つぶや》いて震えている。

「ベル!?」

慌てて体を揺するとその瞬間、彼の体は大きく揺らいでその場に倒れてしまった。

慌ててベルミリオを家に運び込み、治癒魔法士を呼んだが特に異常は見当たらないと言う。

「暑さのせいかもしれないから、涼しい格好で、よく水を飲ませてあげなさい」

そう言い残して、治癒魔法士は帰って行った。

ベルミリオはまだ目覚めない。

とりあえず、重苦しいローブを脱がせたが、その下にも厚手の長袖の襟なしシャツを着ていた。

（これじゃあ暑いはずだ）

少しためらったが、そのボタンにも手をかけて脱がしていく。

相手は男なのに、妙に緊張してしまった。喋《しゃべ》っているとそこら辺の酒場で昼から飲んでいる明るい酔っ払いのおじさん達と何ら変わらないが、眠っていると本当に人とは思えないぐらい美しい。

出来るだけ淡々とボタンを外して、脱がした時にゼノスは言葉を失った。

その下にも、もう一枚下着を身に着けていたが、見える部分全てが爛《ただ》れていた。火傷《やけど》の痕《あと》なんて生易しいものじゃない。一部は肉まで溶けて爛れている。

(な……、なに、なんだこれ……)

あまりにも凄惨《せいさん》な姿に訳も分からず体が震える。両手で口を押さえても嗚咽《おえつ》が洩《も》れた。

「あれ……？　ゼノス……どうした？」

その時、目を覚ましたベルミリオは目の前で泣いているゼノスに首を傾げて手を伸ばし、手袋に覆われた指先で頬の涙を拭《ぬぐ》う。

それから自分の体を見てハッとした。

「あーっ、ごめんごめん！　昔ちょっとやんちゃしててな！　びっくりさせたなぁ。こんなの、怖いよな」

いつものように明るく言い訳する声は震えていて、必死で前を合わせる。それから、ゼノスをしっかりと抱きしめてくれた。

それから数日が経《た》った。ベルミリオは何も話さず、ゼノスもまた聞かなかった。いつも通りの明るく楽しい日常だった。

ゼノスは、ベルミリオから頼まれた魔法薬草を買い出しに行き、その帰りに近所に住むヴェルスという男の元を訪れた。

大抵の魔法はベルミリオが教えてくれていたが、火魔法だけは不得意だからと他の魔法使いに頼んでいた。ゼノスに火魔法を教えてくれている魔法使いは複数いたが、中でもヴェルスに習うことが多く、ベルミリオとも一番気の置けない仲と言った具合で時折酒を飲み交わしていた。

いかにも火魔法使いと言った風体の赤毛の男で、年はベルミリオよりも六つ年上らしい。

「おう、ゼノ坊じゃねえか。どうしたんだ一人で」

昼間から酒を飲んで赤ら顔のヴェルスに出迎えられ、人選を間違ったと思いながらも「話がある」と言うと、彼は黙って中に入れてくれた。

「んで？　話ってなんだ？」

まるで茶を淹《い》れる要領で酒を注《つ》ぎ、当たり前のようにこちらに出してくる。

「どうしたんだよ深刻なツラしてよ。あれか？　恋の相談ってやつか」

ワハハという笑い方はベルミリオと一緒だ。彼の笑い方が感染《うつ》ってしまったのだろうか。

「どんな女だ？　ああでも、お前の師匠がとびきりの美人だからなぁ。あんなの毎日見てたら目も肥えちまうってもんだよなぁ」

「ベルの……体を見た」

それだけ言うと、ヴェルスはほんの一瞬酒を持つ手を震わせた後に、それをテーブルの上に置いた。

「まあ、一緒に暮らしてればいずれ分かることだろうとは思ってたが、三年は隠し通せたんだなあ」

「聞かない方が良ければ聞かない」

「いや、いつか聞かれたら俺から説明してやってくれとは言われていたんだ。あいつだって、隠し通せるとは思っていなかっただろう。長く弟子を取らなかったのはそのせいもある」

「……そう、だったのか」

ヴェルスは立ち上がり、今度こそ魔法で湯を沸かすと、茶を淹れてくれた。

それから深呼吸してしばらく言いにくそうにしていたが、やがて赤い髭《ひげ》に覆われた口をもごもご動かして話し始めた。

「ベルはな。解放奴隷なんだ」

「え……」

「子供の頃からおっかない火魔法使いに奴隷にされててな。あいつのあのツラだろ。まあそれはもう、ひどい目に遭《こら》わされたんだ。その辺は察してくれよ。俺も口にはしたくない」

吐き気を堪えるように、酒を飲み干してヴェルスは続ける。

「コルネリウス王の政策で解放された時、奴隷にあまりにひどい虐待をしてた奴《やつ》らはみんな逮捕された。ベルも保護されて、施設に入ったんだ。俺はその時からの付き合いだが、あの頃のあいつは誰も寄せ付けなかったぞ。とにかくもう、二度とあんな目はゴメンだって言って魔法を練習してた。強くなれば、自由に生きられるんだってな」

言葉も出ずに、その話を聞いていた。気づいたら涙が溢《あふ》れていたが、ヴェルスはそれをからかわなかった。

――お前は奴隷じゃないんだから、何者になりたいか選ぶ権利があるんだよ。

そう言っていた言葉を思い出すと、涙が溢れて顔を覆った。話を聞き終えると、ゼノスはすぐに立ち上がった。

「おう、どこに行くんだ？」

「早く帰って、魔法の練習をしてくる」

「どうしたどうした。急にやる気になったか」

「今決めた。私は将来、誰よりも強い魔法使いになる」


それからは魔法以外の全ての勉強を止《や》めて、ひたすら魔法の特訓に専念し、十六歳になる頃にはベルミリオの弟子としても遜色《そんしょく》のない腕前になっていた。

だが一方でその頃、師であるベルミリオは国王からの仕事がめっきりと減り、不随するように他の貴族からの依頼も少なくなっていた。

噂《うわさ》では、ベルミリオが国王から不興を買ったということだったが、彼はそれについて何も話さなかった。

「ゼノスく〜〜んあそびましょ〜〜」

「いや、私は修行する」

「なんだよもう。いいじゃないかそんなん。海行こう海！」

「どうしたんだベル。ヴェルスみたいになってるぞ」

前はさすがに昼間から酒は飲まなかった。平日は日没とともに解禁という、酒クズなりのルールを自分で決めていた。

「国王と何かあったのか？」

「若い魔法使いに浮気してんだよぉ。おっさんはいらないってさ」

「真面目《まじめ》に答えてくれ」

「……まあ、概《おおむ》ね噂の通りだ。とある任務を断ったら干されちまった」

「とある任務？」

「そうそう。お前も、この先魔法使いでやっていきたいなら、そろそろ俺のところじゃなくて、別の奴のところに弟子入りした方がいい。将来に影響が出るからな」

将来に影響が出ると少し真剣な顔で言われて、ゼノスは立ち上がる。

「まあ、今すぐどうこうはないと思うけど、なるべく早めにな。魔法使いの知り合いなら腐る程いるから、その中でも一番いい師匠を紹介してやる。みんな酒豪ばっかりだからな。酒飲みに悪い奴はいないから大丈夫だ！」

ワハハと笑うベルミリオにゼノスは盛大な溜息《ためいき》を吐《つ》いた。

「他の師匠のところに行くつもりはない」

「え？　なんで？」

申し訳程度の水で割った酒をスプーンの柄で混ぜながら、不思議そうに聞く。

「俺んとこにいたら、魔法使いとして成功するのは難しいぞ」

「別に、成功したい訳じゃないから」

「いやいや、そんなこと言ってどうすんだよ。せっかく魔法使いとして大分成長したっていうのに仕事がないいんじゃしょうがないだろ」

ゼノスは立ち上がると、ベルミリオを見つめた。

「〝人は役割のために生きるんじゃない〟そう言ったのはベルだろう」

「お、おう。そうだっけ？　よく覚えてねえけど」

「私はこの先も一生、ベルと共に生きられればそれでいい。この意味が分からないか？」

頬に手を添えて真剣な目をして見つめると、ベルミリオはしばらくの間ポカンとしていたが、やがてワハハといつものように笑った。

「なんだよお前。何言い出すかと思ったら百年早いぞ」

びっくりしたと言ってゼノスの背中をパシパシと叩《たた》くと、それから少しの間黙り込み、「ついてこい」と言った。

連れて行かれた先は台所で、なぜこんな場所にと思ったが、ベルミリオは黙って床下のマットを剝《は》がした。その下には扉があった。

この扉は何度か見たことはあったが、「大事な酒を保存しているから触るな」と言われていたので今まで開けたことはなかった。

ベルミリオがその取っ手に手をかけて開くと、中から細い階段が現れて驚いた。

ひんやりとした冷気が顔を撫《な》でる。

ベルミリオはその階段を下りていき、ゼノスにもついてくるように指示した。

急な階段を恐る恐る降りていくと、内部は暗かった。ベルミリオは光魔法で辺りを照らした。中にはたくさんの実験道具が並び、床にはたくさんの魔方陣が描かれていた。その中の魔方陣の一つに、ベルミリオの瞳《ひとみ》と同じ薄紫色の光がポウッと浮かび上がっている。

「これ、何か分かるか？」

「いえ」

「俺の魂の一部だ」

「なっ、ええっ⁉　……そんなものこんなガラクタの中に無造作に浮かべておくな！　本当にがさつだな！」

「まあ落ちつけ。……実は、国王から魂に記憶を受け継ぐ魔法の開発を命じられてな」

「魂に？」

「ああ。コルネリウス王の改革はまだ終わっていない。だが、もうじき還暦を迎える上、病気にかかっていてな。もって数年だそうだ。だから自分の魂の記憶を王太子に、別の者に引き継ぐことが出来れば、そのまま息子《むすこ》と共に改革を続けられるだろうって話だ」

「そんなこと……」

「ああ。命への冒瀆《ぼうとく》だ。だから断ったんだよ」

「ではなぜ、実験してるんだ」

「……俺に断られた国王は、レグルスに依頼した」

「レグルスに？」

レグルスは頼まれたらどんな魔法でも開発するベルミリオと並ぶぐらいの魔法使いだ。ベルミリオに対して、かなりライバル意識を持っているらしい。

「俺はあいつが苦手なんだが、技術は認める。かなりいい所までは行くと思う。だが決して成功はしない」

「どうして？」

「一つの体に、二つの魂は宿せないからだ。魂と記憶は厳密にいえば違うが、魂の核は記憶だ。どのような経験をして、どんな言葉を知って誰とどう過ごしたか。その記憶の全てが魂を作る。そんなものが、体に二つもあってみろ。その体は誰のものか分からなくなる。自分の体なのに自分の自由にできないなんて、そんなことあって良い訳ないだろ。だから絶対に、共存できないし成功しない」

ベルミリオは確信があるようだった。

「実際に使ったことがないから、正しくどうなるかは分からないが……一つの体に無理やり二つの魂を入れようとすると、おそらく〝恐ろしいこと〟が起きると思う。もちろん、国王には何度もその危険性を説明したがひどく機嫌を損ねられてしまってな。また顔を見せたら投獄するとまで言われてしまって、どうにもならないんだ。ただ、もしレグルスが強行して最悪の事態が起こった時、その魔法を誰も解除できないのは恐ろしいだろ」

「それで、研究を続けているのか？」

「ああ」

「勝手にさせておけばいい。ベルは何度も止めたんだ。それでどうなっても、自業自得だ」

「そうはいかない。この世界で俺にしか出来ないことなら、俺がやるしかないだろう」

「ベル……」

「強くなれば自由に生きられると言ったが……強くなりすぎると逆に自由はなくなるものだな」

皮肉なもんだと力なく笑う。

「私にも手伝わせてくれ」

するとベルミリオはすぐに首を横に振った。

「お前に頼みたいのは、俺が死んだ時、この部屋にあるものを全て燃やして欲しいということだ」

「え？」

「魂に関する魔法なんて、後世に残しちゃいけないからな」

そして彼は殊更綺麗《きれい》に笑って言った。

「それからこの、俺の魂の色をしっかり覚えていてくれ。もし生まれ変わってまた巡り合った時、その時はお互いに全くの別人になっているかもしれないが、この輝きを覚えておけば、何か不思議な縁があるかもしれないからな」

思えばあの時すでに、ベルミリオはそう遠くない未来に死ぬことを予感していたのかもしれない。

■3章──③

それから二年。季節が廻《めぐ》り春めいてきた頃、ゼノスは十八になった。

相変わらずベルミリオは国王や王族と関係の深い貴族達からは仕事を干されていたが、その分、街の人々に安価で魔法を提供して質素にひっそりと暮らしていた。

王家お抱えの偉大なる魔法使いという名声はなりを潜めているものの、明るいベルミリオの周りにはいつも人がいて、むしろ以前よりも楽しそうだった。

その年のプリディーヴァの祭りの時期が近づいてくると、すでに町は花で溢れており、また贈り物に使うクロス生地や色とりどりの刺繍糸《ししゅういと》がたくさん市場に並ぶようになった。

「……欲しい」

「え？」

「刺繍入りハンカチが欲しい」

「なんでそんなもん欲しいんだ？」

鈍いのかはぐらかされているのか全く分からない。

「プリディーヴァは意中の相手から刺繍入りのプレゼントを貰《もら》う、春のお祭りだぞ」

「へ〜。俺がお前ぐらいの頃はそんなのなかった気がするけど最近は変なもん流行《はや》るんだなぁ。それで、貰いたい女の子でもいるのか？」

ああダメだ。全く伝わってない。いや、はぐらかされている気がする。

ベルミリオに対して抱いていた憧《あこが》れは、いつからか彼を守りたいと言う庇護《ひご》欲《よく》に変わったが、それも徐々に変化して今では淡い恋慕に変わっていた。

もちろん、敬愛の気持ちもあるが、それ以上に一緒にいて胸がときめいたり抱きしめたくなったりそういう想いが募っていった。

首都レッセルではプリディーヴァの祭りが開かれていた。街はまるで洪水のように人人人で溢れかえっている。

「ゼノス！　ほらあっち！　あっちで大道芸やってるぞ」

グイグイと手を引っ張られ、あちこち連れ回される。

「はぁ、ベル。そろそろ休もう。もう疲れた。だるい」

「何言ってんだ十八の若造が！　ほらもっと、きびきび歩け！」

そうこうしているうちに、夕暮れが近くなってくると、街中に一斉に色とりどりの明かりが灯《とも》った。

恋人たちがあちこちで、キスをしたり刺繍入りの布やハンカチを渡しており、甘い雰囲気に満ちていた。

ちらりと隣を見ると、ベルミリオは巨大ジョッキになみなみと注《つ》がれた泡まみれの酒に大喜びしていて、とてもそんな雰囲気ではない。

「ほら、見ろゼノス。白髭《しろひげ》～～」

泡を口元につけて大喜びしているのを見ながら、ゼノスは言った。

「好きだ」

「はあ？」

「ベルのことが好きだ。ああ、好きっていうのは思慕とか友情とか家族愛ではなくて、普通にあの人達がやってるみたいなことしたいっていう意味の好き」

目の前で恥じらいもなく舌を絡め合ってキスをしている若い男女を指差しながら言うと、ベルミリオはしばらくの間瞬きした後に頬を赤くした。

それは酒のせいかもしれないが、少し照れたような表情だった。

「お前なぁ。空気読めよ。俺は今せっかく気持ちよく酒を飲んで、渾身《こんしん》の白髭おじさんを披露したのに……」

「いや、ベルが全然空気読んでくれないから、こっちも空気読まないで告白したんだ。ベルだけだぞ。この空気感でお酒飲んで酔っ払ってるおじさん」

周りを見回すと、どこもかしこもあちこちでキスをしている。

「お前、こんなにロマンチックなデートスポットで、一回りも歳《とし》の離れた師匠に告白するほどモテないのか。背も高いし顔も悪くないと思うんだけどな。根暗だからか？」

「失礼だな」

どちらかと言えばモテる方だという言葉を飲み込んだ。

「お前は出会いがなさ過ぎるんだよ。あれだ。魔法大学にでも行ってみたらどうだ？　彼女の一人や二人出来ると思うぞ」

「行かない。本当に少しは真剣に考えてみてくれないか」

手首を摑《つか》んで顔を引き寄せると、ベルミリオはしきりに目を泳がせている。

「ベル、私より一回りも年上なのに恋愛経験ないのか。可愛いな」

「仕方ないだろ。こんな体で……」

言いかけて、ベルミリオはハッとした。

「いや、違……今のはそのだな……」

反射的に、その体を抱きしめていた。太陽のように笑う彼の、この腕の下にある無数の傷痕《きずあと》を、自分は知っている。それを含めて愛していることをどうにか伝えたかった。

「関係ない。私はベルの全てが好きだ。本気で愛してるから」

「ゼ、ゼノス……」

微《かす》かに、本当に微かにベルミリオの手が背中に回されるのを感じた。

「今の、そういうことだな!?」

「何が？」

「私が抱きしめて、ベルが抱き返したってことは、両想いということだな!?　今から教会に婚姻届けを出しにいくぞ」

「お、落ち着け！」

「落ち着いていられるか」

「空気を読めって言ってんだよ」

「ベル……っ」

感極まって抱きしめようとした時だった。急に城前の広場がざわついた。

城のバルコニーで国王の演説が始まるのだ。抱きしめようとするゼノスの体をベルミリオが深刻な顔をしてグイッと押しのける。

コルネリウス王の姿をこうして見ることが出来るのは、特別な祭事の時以外だと、毎年プリディーヴァの時だけだ。

政教一致のシュレナでは、国王は神の使者であるとも言われているため、中にはその場に跪《ひざまず》く人や地面に頭を擦りつける若者たちもいた。

特にコルネリウス王は、賛否はあるものの急な改革を多数実行していたため、熱狂的に慕っている国民も多かったのだ。

だが、そこに出てきたのはコルネリウス王ではなく、第一王子のヨハネスだった。

「皆の者、今日はよく集まってくれた。今日は私から報《しら》せることがある。父、コルネリウス王が先ほど崩御された」

途端に、街中がざわついた。先ほどまでの祭りの和やかな雰囲気が一転、絶叫や嗚咽《おえつ》が響き渡る。

「私が代わりに皆に春の言葉を授けよう。……だが安心してくれ。父はこれからも私の……私が……あははっ、あははっ、あはっ」

「？」

ヨハネス王子の様子がおかしい。そのことに、国民も気づいてざわつき始めていた。王子はしばらくの間笑い続けていたが、やがて静かになると、隣で心配そうに見守っていた妻である王太子妃の方に向き直った。

「死ね」

そう言うと、彼は不意に妻に向けて手を翳《かざ》し、火魔法を放ったのだ。耳をつんざくような悲鳴と共に王太子妃の体が炎に包まれて燃え上がる。

「……なっ」

広場はほんの一瞬、不気味な静寂に包まれた。皆、今自分の目の前で起きたことが理解できなかったのだ。それはゼノスも、ベルミリオも同じだった。

だが直後、絶叫が上がると、ベルミリオが炎にほんの一瞬だけ体を震わせた後、拳《こぶし》を握りしめて王城に向かって駆けだした。

王子は、そのまま戸惑《とまど》う弟たちにも容赦なく火魔法を放ち、焼き払っていく。

風魔法でバルコニーに降り立つベルミリオの後を、ゼノスも慌てて追った。

「王子、やめてください！」

ベルミリオはそう言うと、最後にまだ幼い第四王子までをも手にかけようとするヨハネス王子の前に立ち、その体に抱きつくように飛び掛かる。

その刹那《せつな》魔法が放たれて、ベルミリオの体が、炎に包まれて燃え上がった。同時に、ヨハネスの体が光って、その場に崩れ落ちる。

「え……え……？　そんな、嘘《うそ》だ……なんで、どうして僕が、こんなひどい……っ」

正気に戻ったらしいヨハネスは回りの惨状をしばらくの間呆然《ぼうぜん》と見つめていたが、やがて全てを悟ると、悲痛な声を上げ、止める間もなく首を切って絶命した。

ゼノスは、この悪夢のような出来事がにわかに信じられずにしばらくの間へたり込んでいたが、やがて目の前に倒れ伏している師の姿を視界に捉《とら》えると、瞳《ひとみ》を揺らした。

「ベル！」

慌てて駆け寄り抱き起こすと、その体を見て絶句した。美しかった顔まで無惨に焼けただれていた。

「あ、ああ……ゼノス……俺は結局、王子を助けられ、なかった……何もかも、遅かった」

「ベル、しっかりしろ」

抱き起こし、慌てて治癒魔法をかける。だが、火傷《やけど》はひどく、追いつかない。

必死に魔法をかけるが、ベルミリオはゴホッと血を吐きながら言う。

「なぜあんな無茶を……」

「この解除魔法は結局不完全なまま完成しなくてな……相手の体に触れないと、解く事が……出来ないんだ」

だからゼノスには決して教えなかったのだろう。解除には大きな危険が伴うからだ。

「わかった。頼む、もう喋《しゃべ》るな」

全身全霊をかけて治癒魔法をかけているのに、その命が失われようとしているのが分かった。そしてそれはベルミリオ自身にも分かっていたことだろう。

「たの、む……俺が、死んだ後……あの、地下室の、ものは、すべて、破棄して、くれ……あの魔法は、後世に、残してはいけない、から……」

まるで穴の空いた風船に空気を送るような、そんな風に急速に命が失われていく。

「いやだっ、いやだ死ぬな！　愛してる、愛してるんだ……ベル……たのむから……っ」

「火魔法で、……だけ、は、死にたくなかったんだがなぁ……」

ベルミリオは爛《ただ》れた唇を引《ひ》き攣《つ》らせて笑った後、痛みに低く呻《うめ》いた。

「ゼノ、ス……こ、れ……」

ポケットに手を入れて、ベルミリオが何かを取り出した。

「……え」

血で汚れたハンカチに、刺繍が施されている。とても下手《へた》くそな、鳥の刺繍だった。

「女の子から、一枚も……、し、しゅう、もらえない弟子が、哀れで……っ、作ってやったんだ」

焼けただれてもなお、その笑顔は美しく神々しくて、出会った日のことを思い出して涙が零《こぼ》れた。

「ベルッ」

ベルミリオは、最後の力を振り絞るように血に染まった胸に手を当てた。そこに、薄紫色の魂がぽうっと美しく浮かび上がる。

「俺の、たましいの色、おぼえて、て……。ゼノ、ス……来世で、あい、し……」

言葉はそこで途切れた。

それからのことは記憶にない。焼け爛れた体を抱きしめながら、半狂乱になって泣き叫んだ。


一連のことは、初め第一王子の錯乱として片付けられそうになったが、ゼノスがレグルスの魔法を立証すると、彼は第一王子を操り、王家滅亡を謀《はか》るクーデターを試みたとして斬首の刑となった。

本当は、クーデターではないことは分かっていた。

おそらく、ベルミリオが言っていた通り、一つの体に二つの魂を入れることは不可能。それを無理に実行して暴走したのだろう。

後から分かったことだが、暴走して錯乱状態に陥ると、近くにいる愛する者を傷つけるようになるようだ。

——私は何もしていない。私の魔法は何一つ間違ってなかった！　こんなこと、絶対に許さない！

もう一度だ！　もう一度やらせてくれ！

レグルスは最期までそう身の潔白を叫びながら絶命したという。

だが、そんなことはもう、ゼノスにはどうでもよかった。

ゼノスは日がな一日家に籠《こ》もり、どうにかベルミリオを蘇生《そせい》させられないか、来る日も来る日も魔法の実験を行った。

「ベル。また一緒に海に行こう。もう、日焼けしたくないなんて言わない。ベルが行きたい場所ならどこへだって行くから……」

日に日に朽ちていく体に魔法をかけながら、何年も何年も魔法を研究し続けた。ベルミリオを生き返らせる、ただそのためだけに。

だが、どれだけ研究をしても、魔力を高めて、いつの間にか最強の魔法使いと呼ばれるようになっても、蘇生魔法だけは成功させることが出来なかった。

最後に残った手段は一つだけだった。

「ベル……これから私のすることを許してくれ」

命も心も一人に一つだけ。だから人の心は自由でいられる。

師はそう言って、この地下室の全てを燃やすように望んだ。魂に干渉する魔法など、あってはならないと。

奴隷という身分に苦しみ、誰よりも自由を望んでいた彼はそう言っていた。

それは決して犯してはならない生命の理《ことわり》だったが、ゼノスはその研究に手を出した。

魂の記憶を引き継ぐ魔法。それは禁忌だ。

この体が死んで生まれ変わったら、魂もまた一から新しく生まれ変わり別人にならなくてはいけない。無理に二つの魂を入れると、レグルスが失敗したように混乱の末に暴走し、周りにいる自分の愛する者を傷つけるという惨事が起こる。

だが、その記憶を眠らせたまま引き継ぐことで、混乱が起きることがないということが分かったのだ。ゼノスは自らの魂にその魔法をかけると、地下研究室に僅《わず》かに残っていたベルミリオの魂の欠片《かけら》にも、同じ魔法をかけた。

同じ時代に、同じ場所で転生する可能性は極めて低い上、記憶を眠らせたままの状態では、互いに気付けるのかも分からない。それでも、ゼノスは諦《あきら》められなかった。

たとえお互いに気付けなかったとしても、何らかの縁を感じて惹《ひ》かれ合い、結ばれることが出来たらそれでいい。

「何百年、何千年かかっても、必ずまたベルに巡り合うから。その時は今度こそ、愛し合おう」

髑髏《どくろ》を抱きしめながら、そう誓うとゼノスは言われた通り研究室に火を放ち、自らの首にナイフを突き立て、絶命した。


あれから、千年の時を越えて今こうしてベルミリオの魂を持つ者と巡り合えたのは、本当に奇跡としか言いようがない。

夫夫《ふうふ》という関係になれたのも、きっと何かの縁で惹かれ合ったからではないかと思う。だからこそ、どうしてフィーノにあれほど嫌われているのかが分からなかった。

眠らせたはずの記憶があることにも驚いたが、おそらく、リナルドが事故に遭い、肉体が完全に死に切る前に魂が離れたために、眠っていたゼノスの記憶が目覚めることが出来たのだと思う。

（一つの体には二つの魂は宿せないというのは、どこまでも本当なんだな）

だから、この体でリナルドとして生きた記憶は、きっとどれだけ時間が経《た》っても思い出せないだろう。今この体に宿っているのは今、ゼノスの魂だけだ。

フィーノを屋敷に監禁すると言って無理やり療養させてから八日目が過ぎた。その日はリナルドも週に一度の休みの日だった。

夜な夜なこっそり、リナルドが治癒魔法をかけている成果もあり、フィーノは随分元気になった。治癒魔法は本人に治す気力がないとさほど効果がない場合もあるが、最近は効きがよく完治したと言っていい。

体調がよくなると、フィーノはとてもよく食べるようになった。今日なんて朝から二百レブラはありそうな肉をかっ食らっている。

野菜をもしゃもしゃと食べながら、彼の食べっぷりを微笑《ほほえ》ましく見つめていると、フィーノは肉の筋を噛《か》みきりながらこちらを睨《にら》んだ。

「……なんだよ」

以前は話しかけると凍てつくような視線を向けられていたのに、最近は嫌そうにしながらも相手をしてくれる。

「いやぁ、朝からよくそんな立派な肉が食えると思ってな」

「よく食ってさっさと治さないといつまでも時間が無駄になる。……大体お前も、もっと肉食って早く筋肉戻さないと、騎士団クビになるんじゃないのか」

「別にクビになったらクビになったでいい。私体動かすの大嫌いだし」

「……え？」

フィーノが怪訝《けげん》そうに目を細めた。さすがに怪しまれただろうか。リナルドは剣技の達人だったらしく体をよく鍛えていたらしい。

だから最初の頃、朝から今フィーノが食べているような肉の塊を出されていた。

だが前世は体を動かすことと言えば魔法薬の買い出しぐらいの、鍛錬とは無縁の魔法使いだったため、朝から肉なんて無理とロッシに言って最近はパンと野菜、フルーツを中心に食べている。

「ま、まあ……その、怪我が完治したらおいおいな。まだ腕も痛いし、無理して長引いたら本末転倒だろう？」

「それもそうだが……」

なんとか誤魔化せたようだ。

「医師から聞いたが、大分体調が良くなったようだな」

「別に最初から病気でもなんでもなかったのにお前が勝手にそういうことにしたんだろ」

「血まで吐いておいて何を言うんだ」

すると少し気まずげに彼は低く呻いて目を伏せた。気丈だが、意外と顔に出やすいところが可愛らしい。

「元気になったなら、今日は一緒に出かけないか？　太陽に当たると健康になるらしい」

フィーノはパンを置いて腕を組み、しばらく悩んだ後に口を開いた。

「出かけるって、どこに行くんだ？」

「海に行こう。海、好きだろう？」

「好きじゃない」

「そうなのか⁉」

そんなに驚くことかとフィーノは困惑した様子だ。

ベルミリオと食べ物の好き嫌いや苦手な物は一致しているが、やはり異なるところも多々ある。ベルミリオはとにかく海が大好きな男だったのでそこが違うというのは意外だった。

「……あんまり行ったこともないし、暑そうなイメージしかない」

（この国に住んでいて、そんなことがあるのか……）

シュレナ王朝からそうだったが、この半島国家はどこもかしこも海が近く温暖な気候ということもあり、海水浴が盛んだ。

「まあ私もそんなに好きじゃないんだよな。暑いの嫌いだし。じゃあ、買い物に行くとしよう」

フィーノはその提案に「適当だなぁ」と呆《あき》れたように目を細めながらも、頷《うなず》いてくれた。

海辺の町、コルッカは王城からだと馬車で一刻ほどで着く。シュレナの時代にも、ベルミリオと何度となく訪れた町だった。

もちろん、町の景色はすっかり様変わりしていて、千年前の面影は少しも残っていない。ほんの時折、観光名所のように古代の遺跡として壁の一部やらが残っている場所があるぐらいだ。

浜辺の手前で馬車を降り、フィーノと共に町を歩く。

「あっ、そこの店だ。宮廷女子の間で有名なお菓子屋さん。見に行こう」

焼き菓子のいい匂いが鼻先を掠《かす》める。店先には色とりどりの可愛らしい柄の入った缶が並んでいた。

「俺はいいから一人で行ってこい」というフィーノの手を引っ張り、店内に入る。店内にはもっと、様々な種類の柄の缶が並んでいる。

「ほらフィーノ、見てみろ。この缶が可愛いっていうんで女子の間で有名で、食べ終わった後に質に入れると高く売れるらしいぞ」

「公爵家の人間のくせに質屋の話するなよ」

前世が貧乏人だったし、ベルミリオも偉大な魔法使いの割に質素倹約していたので公爵家の人間と言われても未《いま》だにピンと来ない。

つい所帯じみた話をしてしまうとフィーノが呆れたように言ったが、彼も少し興味があるようだ。

「ちなみに、いくらだ？」

「ん？　ここでしか売ってないからなぁ。場所によっちゃ二十レラぐらいだそうだ」

「そんなにか!?」

フィーノはそう言うと、少しの間何か考え込んだ。缶を見ていると、店主がニコニコと顔をのぞかせた。

「お兄さん達、これ焼きたてだよ。良かったらどうぞー」

身なりから羽振りがいいと思われたのだろう。店主はフィーノとベルミリオに一つずつ、焼きたての菓子を渡した。

味が違うようで、果物風味のものと、プレーンなものの二種類がそれぞれ渡される。

リナルドが貰《もら》ったのはプレーンの方だった。手に持った瞬間フワフワとした柔らかい感触がする。

「う、美味《うま》い！　フィーノも早く食べてみろ」

フィーノは戸惑《とまど》いながらもそれを一口食べて、パッと目を輝かせた。

「……美味いな」

果物風味の方も気になると思っていると、隣で食べていたフィーノは少し考えた後に、自分の持っていたものを差し出した。

「こっちも美味いから食ってみるか？」

味違いのそれをフィーノは差し出してくれる。

「えっ!?　しかし……」

美味すぎてうっかりプレーン味の方は全て食べてしまい交換するものがない。

「別にいいから、食ってみろ。こっちも美味いから」

「ありがとう……」

一応遠慮しながら小さめに一口齧《かじ》り、「美味いっ」と顔を輝かせると、フィーノはおかしそうに笑った。本当に微《かす》かな笑みだった。

リナルドはその笑みに鼓動が一つ大きく打ったのを感じた。

フィーノはベルミリオの性別を超越したような中性的な美貌《びぼう》とは違い、しっかりと男性だと分かる。

彼の中に眠る魂に惹かれているのだから、別に現世での外見は気にも留めていなかった。だが笑った顔はやけに可愛くて、不覚にもときめいてしまった。

最初、正直なところ本当に彼はベルミリオの生まれ変わりなのかと困惑していた。いつも明るく優しかったベルミリオとは正反対で、鬱屈《うっくつ》とした棘《とげ》のある態度ばかりで、何もかもが別人だと思った。

きっと彼を、ベルミリオの魂を持つ者としてしか見ずにいたからかもしれない。ベルミリオは、記憶が魂を作ると言っていた。だから、別々の人生を歩んできた彼等《かれら》が全く別の人間であることは当たり前のことなのだ。

「御主人。これ味違いで三缶ずつくれ」

「そんなに買ってどうするんだよ」

「家でフィーノと食う用だ」

呆れたようにフィーノは目を細めながら、彼もまた、「すみません、これ一つ」と頼んだ。

「誰かにあげる予定があるのか？」

「ん？　ああ……ちょっとな」

少し照れくさそうに俯《うつむ》くその顔は、とても優しい横顔をしていた。

それからしばらく、周辺を観光していたが、レストランで昼食をとり、昼下がりと言える時間帯になったころ、リナルドは言った。

「やはり、せっかくだから海に行ってみるか？　ここからすぐだ」

「勝手にしろ」

フィーノはぶっきらぼうに言いつつも、リナルドと共に海に付き合ってくれた。

荷物は馬車に預け、白い砂浜に降り立つと、辺りにはこの町の住民と思われる人々が裸になって日光浴をしたり波打ち際で水遊びを楽しんでいた。

フィーノは目の前にどこまでも広がる海に目を見開いた。

「すごい……」

「ここの海は水が綺麗《きれい》だから余計に青く見えるらしい。……この景色だけは千年変わらないんだなぁ」

コルッカの街並みは面影もないほどに変わったのに、この風景はあの時のままだ。

ベルミリオと幾度となく見たこの景色を、今、彼の魂を持つ者と共に見つめている。感傷的な気分になって少し涙ぐみそうになっていると、フィーノが「千年」と怪訝そうに首を傾《かし》げた。

「んっ!?　ああ、美しい物は不変だという意味だ」

「千年は大げさだな」

フィーノはそう言いながら砂浜をザクザクと歩く。彼は初めての海に興味津々なようだ。

しゃがみ込んで波打ち際の水に触れたり、砂に触れたり貝殻を拾い上げたりしていたが、そのうちに靴を脱いでズボンの裾《すそ》をまくり、海水に足を浸した。

「……ぬるい」

「夏だからなあ」

そう言いながら砂浜に膝《ひざ》を抱えて座り込み、あちこち興味深げに動いて海を堪能しているフィーノを眺める。そのやる気のない様に、フィーノは「おい」と眉《まゆ》を寄せた。

「連れて来ておいてお前は泳がないのか？」

「動くのは嫌……いや、まだほら、怪我《けが》に障るかもしれないから私はいい。陽射しもきついし溶けそうだし」

フィーノはつまらなそうにこちらを睨みつつも、「暑い」と上に着ていたシャツと肌着をバサッと脱ぎ捨てた。適度に均整の取れた体が露《あらわ》になる。

(文官の割になかなかいい体してるなぁ)

そう思いながら眺めていると、さらにズボンにまで下ろして下着姿になったので「ちょっ、おいおいおい」と慌てて止めた。

「なんだ？」

「なんだじゃない。さすがにそれはまずいんじゃないか？」

するとフィーノは無言ですぐ近くで全裸で大の字になって余すとこなく全身で日光を享受しながら気持ちよさそうに眠っている太った中年の男を指差した。

直前まで飲酒をしていたのか酒瓶が横に転がっている。

「フィーノは貴族というやんごとなき身分なんだぞ？　あのおっさんと同じことをしたらダメだろ」

「お前が太陽を浴びると健康になるって言ったんだろ。脱いだ方が効率良く浴びれる」

「いや、うーん、まあ、そうだが……」

そう言ってフィーノはその場にドスッと腰を下ろすと、海水に足を浸してそのまま寝っ転がった。

（えええ……）

リナルドは堂々たるフィーノの裸に戸惑った。

フィーノはどこからどう見ても男で顔も体つきも全然違うが、前世恋愛感情を持っていた相手と同じ魂を持つ者が目の前で裸同然の格好で横たわっているというのは少し変な気分になる。

そんなリナルドの困惑を他所《よそ》に、フィーノは頭の下で両手を組み、どこまでも広がる空を見上げている。

「空が青い……」

やがて彼は気持ちよさそうに目を閉じると、程なくして眠りに落ちてしまった。

潮騒の音に合わせるように、フィーノが寝息を立てて、その度に胸が上下する。その先端の淡い色づきに気づくと、リナルドはパッと顔を逸《そ》らした。

（うーん……この……なんだろうな。これは公共の目に触れるのはあまりよくない気がする）

少し頬を赤くしながら、砂まみれになるのを覚悟して自分の着ていたシャツを一枚フィーノの体にかける。

かなり日が落ちてきた頃、ようやくフィーノがハッと目を覚ました。そして胸の上に置かれたシャツを不思議そうに眺めながら身を起こして振り返り、嗄《かす》れた声で言った。

「あれ、寝てたか？」

「それはもう気持ちよさそうにな」

フィーノはまだ眠そうに瞬きをしながら砂だらけの体を起こした。

「いてえ。体中がひりひりする……」

「そりゃあな。素っ裸で海の陽射しを浴び続けてればそうなる」

起こせよと恨みがましく言いながら砂を落とした後、フィーノは立ち上がって服を着た。

「……帰るか」

「うーん、ちょっとだけ待ってくれ。ああ……そろそろかな」

「？」

後ろを見てみろと海の方を向かせると、そこに広がった景色にフィーノは目を見張った。

水平線の向こうに、夕凪《ゆうなぎ》の海を赤く染める太陽。遠い島々の影。あの頃とまるで変わらない、美しい世界。

「……私はこの景色が一番好きなんだ」

いつかベルミリオが自分に言ったのと同じ言葉が、自然と零《こぼ》れ落ちる。横を見ると、海を見つめるフィーノの薄紫の目には涙が溜《た》まっている。

「えっ、すまん。どうした？　そんなに日焼け痛かったか？」

するとフィーノは「違う」と袖口《そでぐち》で涙を拭《ぬぐ》い、もう一度目の前の景色を見た。まだ少し隈《くま》の残る彼の疲れた横顔に拭い損ねた涙の痕《あと》が夕陽に光る。

「……この国には、こんなに綺麗な景色があるんだな」

「フィーノ……」

この国に生まれて海に来た事がないなんて、今まで一体、どのような人生だったのだろう。

リナルドはしばらく瞳《ひとみ》を揺らして彼を見ていたが、やがて自然と彼の肩をそっと抱きしめていた。

「は？　おい離せ」

「いいからいいから」

「何もよくない」

そう言いながらも、フィーノはすぐに抵抗をやめ、憮然《ぶぜん》とした表情でその場に立ちながらも、いつまでも景色を眺めていた。

「他にも色々、綺麗な場所はあるぞ」

ベルミリオにあちこち連れ回された過去を思い出す。

疲れるのが嫌いで面倒だなあと思いながら付き合っていたが、今ふと、この腕の中にいる彼に見せてやりたいと思った。

あの頃ベルミリオに教えて貰った綺麗な景色や、優しい言葉。それらを今度は、自分が彼に伝えたいと思った。

転生して一番困っていることは、リナルドの職業がよりによって騎士だったということだ。武官など前世で最も縁のない職業だった。その上、リナルドの記憶がほとんど残っていないせいか魔法は使えるのに剣技は全くダメそうだった。体が記憶していないかと期待していたのだが、何も残っていないようだ。

（今は怪我のせいと誤魔化せているが……今後はどうするか……）

そんなことを考えつつ、リナルドは書類の確認仕事にひと段落つけると、火事があった五階の現場に向かった。

フィーノ曰《いわ》く、火の気もないのに、急に燃えだしたと言うのだ。宮廷消防班の調査でも、火事の原因は分からなかったという。それこそまるで〝魔法〟のようだ。それがずっと気になっていた。

焼け焦げた床を見ていた時、フィーノを助けた辺りで燃え出した床に、その痕跡《こんせき》があった。

「これは……」

ほとんど焦げているが、魔方陣の一部のようなものがうっすらと見える。ほんの一部にすぎず、鮮明でないためハッキリとは言えない。

（それにこの魔法紋……いや、でもまさか）

その時、不意に後ろから「リナルド」と声をかけられた。立っていたのは、眩《まぶ》しいほどに美しく中性的な青年だった。

ミカエル＝セラフィーノ。

伯爵家の末息子《すえむすこ》で、リナルドとは幼馴染《おさななじ》みの関係にあるが、セラフィーノ家とアドルナート家は昔から非常に仲が悪かったらしい。

メイド達の反応を見るに、おそらくリナルドとミカエルとは愛人関係にあるという噂《うわさ》が流れていたようだ。おそらく、それがきっかけでフィーノとは仲がこじれているのだと思う。

だから妙な誤解を生みたくないと、屋敷に見舞いに来られても彼には会わないようにしていた。

一方で、それだけ長い関係だったミカエルなら、過去の真実を教えてくれるのではないかと思った。

「久しぶり。死にかけたって聞いたけど、元気そうで驚いたよ。見舞いも断られるし、それぐらい具合悪いのかと思ってた」

「いや、すまない。私達の間にはよからぬ噂が流れていたらしいと知って家では会わないようにしていたんだ。フィーノに誤解されたくないからな」

はっきりそう言うと、ミカエルはひどく驚いた顔をした後にくすくすとまるで少女のような笑い声を出した。

「あー――良かった」

「え？」

「いや、フィーノをちゃんと大事にするようになったなら良かったなぁって。俺はずっとお前に言い寄られてて、迷惑してたからな」

「……つまり、私達の間には何もなくて、あなたが以前の私に一方的に言い寄られてたのか」

「そうだよ。フィーノがいるんだから大事にしなよって言っても聞かなくってさぁ」

「そのことについて詳しく教えて欲しいんだ。私とフィーノが事故以前どういう関係だったのか」

ミカエルは青い目を揺らした後に首を傾げた。

「ねえ、本当に全部忘れたの？」

「ああ。綺麗に忘れてしまった」

「言っていいの？　俺、あんまり遠慮とか出来ないけど」

柔和な雰囲気に合わない。意外と胆力のある目をしている。

「ああ。むしろそれを望んでるんだ」

「じゃあ、俺が知る限り全部を語ってあげる。でもその前に聞きたいんだけど」

ミカエルは少し好奇心に満ちたような悪戯《いたずら》っぽい目をした。

「〝オオカミ〟になれたのか？」

「は？」

「……フィーノを、もう襲ったのかってこと。性的に」

その意味を分かりかねていたがワンテンポ遅れて、リナルドは慌てて首を横に振った。

「い、いや、襲う訳ないだろう」

考えたこともなかった。そもそも前世も、ベルミリオと一つ屋根の下で暮らしながら、結局キスすらせずに終わったのだ。今はまだ、フィーノの心をどう開くかということで精いっぱいだった。それにしても、いきなりこんなことを聞いてくるなんて、ランドリアの人間というのは随分明け透けだ。

するとミカエルはまたしても少女のようにクスクスと笑った。

「相変わらず臆病《おくびょう》なんだ。じゃあ、覚悟して聞きなよ」

そうしてミカエルから聞かされた過去は想像以上のものだった。

「いくらなんでもそんなことを言うはずがない」と思いたくなるようなこと全てに、本当に微《かす》かだが、どこか身に覚えがあるような気がして絶望した。

全て腑《ふ》に落ちた。フィーノがどうして、あんな風に何かに追い立てられるように生きているのかも。

どうして自分を嫌っているのかも。

これが真実なら、〝リナルドとフィーノ〟の関係は修復不可能だろう。

ガラスに映る自分の顔を見つめて、リナルドは顔を顰《しか》めて呟《つぶや》いた。

「……この男に、近寄らせたくないな」

■4章――①

リナルドに、監禁すると言われてから十日が経《た》った。監禁といいつつも、一週間が過ぎた頃からは部屋に鍵《かぎ》を掛けられることもなくなったし、ちょくちょくリナルドに強引に外に連れ出されていたので実質、ただの療養生活だった。それもとても穏やかで贅沢《ぜいたく》な。

「き、消えてる、……!?」

鏡を覗《のぞ》き込《こ》み、フィーノは驚いた。生まれつきだと思っていた隈が、綺麗《きれい》さっぱり消えていたのだ。それに何より、体がとても軽かった。頭も腹もどこも痛くない。爽快《そうかい》な気分だった。

かなり強引なやり方をされたとは思うが、こうでもしてもらわなければ、きっと自分は休めなかったと思う。リナルドは仕事以外の全ての時間を、フィーノに費やしてくれた。最初はそれを鬱陶《うっとう》しいと思っていたが、今では彼が勢いよく扉を開けて入ってくるのを心待ちにしていた。

(そういえば、今日は来ないな)

「……たまには俺から見送りしてやるか」

いつも頼み込まれて出仕の見送りをしていた。フィーノが見送ってくれれば頑張れると言うので、毎朝仕事に行きたくないと抱きついてくるのを無理やり馬車に押し込んで送り出すのを日課としていたのだ。

自ら見送りに行ってやったら、きっと大げさなぐらい喜んで鬱陶しいんだろうなと、思い描くと少し笑いそうになりながら外に向かおうとした時だった。外から馬のいななきが聞こえてきた。

（……え？）

王城へ向かう馬車が、発車していた。いつもよりも随分早い時間だ。

メイド達やロッシも見送りをしているので、あの馬車はリナルドで間違いないだろう。

かならずこのぐらいの時間になると、「仕事に行きたくない」「見送りしてくれ」と泣きつきにきていたのに一体どういうことだろう。

仕事が忙しくて、早出をしたのかとも思ったが、今のリナルドならそれならそれでロッシに言付けぐらいはしそうなものだ。

（……ま、いいか）

ずっと、鬱陶しいと思い続けていたのだ。来ないなら来ないで構わない。

だがそれからも、リナルドはしつこく部屋に来ることはなく、朝も慌ただしく一人で城に出かけるようになった。食事の時も、上の空で口数も少ない。

結局、避けられている理由が分からないまま、フィーノはようやく医師が指定していた二週間の療養生活を終え、久しぶりに出仕する日になった。

こんなに長い事休んだことがないのでひどく緊張しながら執務室に入ると、そこは特に大混乱などは起きていなかった。リナルド曰く、火事で焼失した書類は、古い報告書の一部や、儀典で使われるドレスや装飾品などの図案ぐらいだったようだ。確かに本当に燃えて困るようなものもなかったらしく、その混乱もなさそうだ。むしろ以前にはなかったような落ち着いた空気が流れていた。見知らぬ文官もいるから、増員したのだろうか。

——集団で生きている生き物は皆、誰かしらがその役割を埋めるようになってる。役割のためにいなきゃいけない者なんかいないんだ。

以前、リナルドが言っていた言葉を思い出した。

（まあ、そうだよな……）

冷静になってみると、本当にそう思う。

頭痛にも腹痛にも苛《さいな》まれていないすっきりとした頭で考えてみれば当たり前のことだ。なのにどうして、それが分からなかったのだろう。

（どうかしてたな……）

これが正しいのだと思う。だが、どこか少しむなしさを感じた。ずっとバカみたいに追い立てられて一人で走っていたことが、無意味なことでしかなかったのだと痛い程よく分かったからだ。

（それにしても……カロージオは？）

辺りを見回しても見つからない。そう思っていた時、「フィーノくん！」と声を掛けられた。

シモーネがドスドスと音を立てて、息を切らせて走り寄ってくる。

「フィーノくん、大丈夫だった？　火事の後ずっと体調崩して寝込んでたって聞いたけど……ってあれ⁉」

「？」

「フィーノくん、なんかすごくかっこよくなったね！」

「そうか？」

自分では違いがよく分からないが、確かに隈《くま》は消えたし肌艶《はだつや》も良くなったかもしれない。

「なあシモーネ。カロージオ様は？」

するとシモーネはよくぞ聞いてくれたというように「それがねっ」と瞳《ひとみ》を輝かせた後にハッとして両手で口を押さえて声のトーンを落とした。

「カロージオ様、地方に行ったんだよ」

「えっ⁉　なんでだ⁉」

「文書室の焼失事故で焼失した書物とか、焼け残ったものとか、出火原因調査も兼ねて大規模な調査が入ったんだけど……その時に第二王子が、カロージオ様達の横領の記録文書があることに気付いて追及したんだ」

「え……」

文書室に、横領の文書など保管されているはずがない。どうせ握りつぶされると思いながらもいつかの時に備えて記録は取っていたが、それは絶対にカロージオの目に触れないように自宅に保管していた。

（あっ）

——悪いんだが、あの火事の現場から俺が持ち帰ってきた書類全部、文書室に戻しておいてくれ。

リナルドにそう頼んだが、あの時彼は引き出しの中をやけにじっと見ていた。あのタイミングで持ち去り、わざと重要書類と混ぜて置いてきたのかもしれない。

（あいつ……）

余計なことをと思いながらも、感謝もしていた。二週間休んで思ったが、自分は自分が思っている以上にカロージオの言動に傷を負っていたようだ。

彼がいなくなったことに、心の底から安堵《あんど》してしまった。

「しかしよく……揉《も》み消されなかったな」

「アベレート王子が強く抗議して、なんなら隣国アルドバにも調査協力を仰ぎかねない勢いだったらしいから」

そんなにもと、フィーノは驚いた。

「それで、カロージオ様の後には誰が来たんだ？」

「イゾラ侯爵だよ」

宰相派とはあまり仲がよくないと聞いているが、温厚な人柄でよく知られている。領地の家督をすでに息子たちに譲り、宮廷で徴税担当をしていたらしい。

その時、執務室の扉が開いた。噂《うわさ》をすればイゾラ侯爵だ。

少し小太りのいかにも好々爺《こうこうや》という感じの柔和な顔立ちをしている。慌てて身なりを直しながら挨《あい》拶《さつ》をしにいくと、彼は笑いながら言った。

「体調はもういいのかね？」

「は、はい。長い事お休みを頂き、申し訳ございません」

「若いからって無理をしちゃダメだよ。健康のありがたさにはこの年になって気づくんだから」

「はい。それであの……私の仕事は……」

見ればいつもうずたかく積まれていた自席の書類の山が、一つもなくなっていた。まさかもう自分は用済みで別の所に飛ばされるのかと焦っていると、イゾラは笑いながら言った。

「うん。復帰早々に悪いんだけどね。君には一つ、特別な仕事を任せたいんだ」

「特別な仕事？」

「ああ。直々の御指名だよ」

イゾラはそう言ってウインクすると、フィーノに付いてくるように言った。連れて行かれた先は、普段は立ち入れないような王族の居住区だった。やがてある一室の前で立ち止まると、イゾラは小さく咳払《せきばら》いをした後にノックをし、「連れてきました」と言った。恐る恐る中に入ると、そこは意外なほど簡素な部屋だった。その中央に立つのは、まだ若い黒髪の美しい青年。彼はフィーノを見ると明るく気さくな笑みを浮かべて片手を挙げた。

「おっ、フィーノ、よく来てくれたな。俺はアベレートだ」

（アベレート第二王子……？）

いきなりのことに固まっているとイゾラに「挨拶っ」と小声で言われて慌てた。

「フィーノ・アドルナートです」

「病み上がりに呼びつけてごめんね。君にはぜひ、俺専属の書記官になって欲しいと思って」

「え……」

戸惑《とまど》いを浮かべていると、彼は書斎机の上に置かれた書類に目を落とす。

「いやー、横領に関する資料、大変根気強く調査してくれてありがとね。これだけ逃れようのない証拠を集めてくれていたのに、握りつぶされていたとはねー」

気さくな態度に、あまり王子という感じがせず、逆にドキドキしてしまった。

だが、顔はとても高貴で美しい。若々しい褐色の肌に、金の瞳。こんなに間近で顔を見るのは初めてのことだが、どこかで見たことがある。そう思っていると、アベレートは少し申し訳なさそうに眉《まゆ》を下げる。

「それから、ごめん。〝礼をする〟なんて言って格好つけておいて全然してなかった。ちょっと、帰国したばかりでずっと立て込んでて」

ほんとごめんと両手を合わせて謝罪され、なんのことか分からず首を傾《かし》げた。

「……？」

「あれ？　忘れたの？　ひどいなあ君。ほら、以前、地下書庫で世話になったじゃん」

地下書庫と言われて記憶を辿《たど》りようやく思い至った。そういえば以前、怪しいフードの男に、シュレナの税制度に関する本の在り処《あか》を聞かれたのだ。だが確か名前は——。

「アベル……？」

「そうそう。あの時はお忍びだったから、アルドバ読みで名乗っちゃった」

(嘘《うそ》だろ……下男だと思ってた)

貴族ではないと言っていたが、まさか王族だとは思わなかったのだ。知らなかったとは言え、とんでもなく不敬な態度で接してしまっていたと真っ青になり、必死で頭を下げた。

「も、申し訳ございません！　暗かったとはいえ王子だと気づかず、大変無礼な態度を取ってしまい……っ」

「いやいや、いいんだよー。変装していたんだし。バレなかったんなら俺の変装技術もなかなかというものだ」

ははは と王子は笑い、それから少しだけ真剣な声で言った。

「この城で、あの姿をしていた時に親切にしてくれたのは君だけだった。信用に足る人物だと思ったんだ」

「アベレート様……」

そこまで親切にしたつもりもなかったが、まさかこんな形で返ってくるとは思ってもみなかった。

あの時面倒くさがって適当にあしらわなくて良かったと、過去の自分に心の中で賞賛を贈る。

「こき使っちゃうかもしれないけど、フィーノはなかなか根性ありそうだし、大丈夫だよね？」

「はっ、なんなりと」

これまでずっと、自分は王族と直接仕事をする立場になかった。アベレート王子と接していたのはカロージオで、自分はそのための資料作りをやらされているに過ぎなかった。それが専属の書記官になれるなんてと、思わぬ出世にフィーノは張り切った返事をした。

部屋を出た後に、フィーノはニヤニヤとした笑みを抑えきれず、隣を歩くイゾラに品がないと窘《たしな》められた。まさかこんなことになるとは思わなかった。

これも一応、リナルドのおかげだと思うと、一番先に話してやってもいいような気がすると思いながら、西塔の方にある騎士団の執務室へと向かっていた時だった。

「リナルド様、この間久しぶりにミカエル様とお話しされてたわね」

「ええ、もうお二人はそういう関係にないのかと思っていましたが……」

「やっぱり絵になるから仲良くなさって欲しいわ」

その話に思わず足を止めると、宮女たちはフィーノに気付くと慌てた様子でその場を去って行った。

もしかして、ミカエルと話して、記憶を取り戻したのだろうか。ここ数日で急に態度が変わったのは、そのせいだろうか。

そう思うと少し胸がざわついた。

聞いてみないことには分からない。だがまた、以前のあのリナルドに戻ってしまっていたら。

(そうなったら……元通りの生活に戻るだけだ)

ここまでずっと、ほとんど一人の力で生きてきた。それに今度は、ただの一文官ではなく、第二王子の書記官に選ばれたのだから。

その晩、仕事の引き継ぎやら、新しい仕事の準備などで遅くまで残っていると、机の隅にコトッと温かい茶が置かれた。

「あ、お前……」

口の利けない少年が、ひどく心配そうな顔をして立っていた。二週間も休んでいたからだろう。

「心配かけて悪かったな。もう元気になったから」

そう言うと、少年はホッとしたように微《かす》かに頬を緩ませる。

「そうだこれ。残業代」

フィーノはそう言いながら鞄《かばん》の中から、小さな缶入りの菓子を取り出した。先週、リナルドと町に出かけた際に買ったものだ。

クマが描かれた、一番子供受けしそうなものを選んだつもりだ。押し付けるように渡すと、少年は驚いたようにそれを眺めた。

「この缶は町のご婦人方に大人気だそうで、高く売れるそうだ。二日、三日分の給料になると思うぞ。食い終わったらちゃんと質に持っていけよ」

少年はそこで初めて、満面の笑みを浮かべてその缶を抱きしめた。子供らしいとても可愛い笑顔にフィーノも釣られて笑った。

「なあ、お前名前は？」

そう聞くが、少年は首を横に振る。名前がないなんて、一体どんな人生だったのだろうか。

「名前がないって不便じゃないか？」

そう問いかけるが、彼は当たり前のように首を横に振る。他の者達が、「おい」とか「そこの」と呼んでいるのを思い出した。確かにそれで仕事に支障はないのだろう。だが、なんとなく気になった。

「じゃあ俺が適当につけていいか？」

そう尋ねると、少年は少し驚いた顔をして頷《うなず》いた。

「そうだなあ。ファロってどうだ？」

すると少年は、何とも言えないという微妙な反応をした。

「なんだよ不満か？　古代シュレナの英雄の一人、ファロラウスから取ったんだぞ。寡黙な男でな、〝沈黙の将軍〟なんて呼ばれてたけど、剣技に優れてシュレナの危機を何度も救ったと言われてる」

お前にピッタリだと思うけどなぁと言うと、少年はみるみる瞳を輝かせた。

「どうだ？　それでも気に入らないか」

今度は首を横に振り、フィーノの腕をグイグイと摑《つか》んで引っ張った。

「お、おお。気に入ったなら良かった。じゃあ、ファロでいいんだな？」

しっかりと頷いたのを確認し、フィーノは引き出しから紙を取り出し、「ファロ」と名前を書いてやった。だが少年、ファロは首を傾げている。

「……もしかしてお前、読み書き出来ないのか？」

するとファロは、やはり当たり前のように頷く。

「お前、親はいるのか？」

即座に首を横に振る。

「じゃあ、保護者的な存在はいるのか？」

そう聞くと、今度はファロは頷いた。

(保護者がいるならどうして……)

口も利けない。文字も読めない、書けない。名前すらもない。何か伝えたいことがあっても言うことできないなんて。

「そんなの、不便じゃないのか？」

少年はやはり首を横に振る。それが無性に悲しかった。不便じゃなくても、こんなのはあまりにも辛《つら》い。

「……仕方ないな。俺が教えてやる」

気づけば自然と、そんな言葉が漏れていた。

(げっ、なに言ってんだ。こいつに字教えたって俺には何の得にもならないのに)

慌てて訂正しようとしたが、ファロは瞳をうるうるさせてコクコクと頷いている。それを見て、深く溜息《ためいき》を吐《つ》くと、ゴホンと咳払いした。

「勘違いするなよ。俺は別に暇じゃないからな。今度から王子の書記官になるんだぞ。その忙しい合間を縫って教えてやるんだから、やる気がない奴《やつ》には教えられないからな」

するとファロはブンブンを首を横に振り、「頑張る！」と言うように両手を縦に大きく振った。

「よし！　じゃあ明日から毎日宿題を持ってきてやるから、ちゃんとやってくるんだぞ」

心から嬉《うれ》しそうに笑って頷いたファロに、思わず自然と手が伸び、その柔らかい髪を撫《な》でていた。

相変わらず居残ろうとするファロをどうにか説得して帰し、仕事を終えて執務室を出ると廊下にはもう人気は少なくなっていた。

夜の城の廊下を歩いていると、いつか見たジルドの霊を思い出してゾッとするが、あれはきっと、メルバの嚙《か》みすぎによる幻覚だったのだろう。

リナルドは幽霊など見なかったと言っていたし、色々調べてみたが地下書庫で物騒な事件があったなんていう記録はなかった。


足早に馬車乗り場に向かおうとした時、ふと、どこからともなく視線を感じた。

「……？」

地下書庫の管理を引き継いでからずっと感じていた視線だ。無意識に足早になりながら目の前に止まっていた馬車に飛び込むようにして乗り込んだ時、違和感を覚えた。

（……え？）

王宮で働く文官武官たちのために用意されている馬車の内装がいつもと違う気がしたのだ。

嫌な予感がして降りようとした時、不意に後ろから物凄《ものすご》い衝撃が頭に走った。

「うっ……」

殴られたのだろう。衝撃で気が遠くなっていき、座席に倒れ込むと、そのまま中に押し込まれる。

（や、ばい……）

逃げなければと思うが体が動かない。同時に、馬車の走り出す音が聞こえた。


割れるような頭の痛みに目を覚ます。うっすらと目を見開くと、どこまでも広がる夜空が目に入った。硬い石づくりの床の上に寝かされているようだ。

「うっ……」

痛みに呻《うめ》き、後頭部を摩《さす》ろうとするが手が動かない。後ろ手に、拘束されているようだ。

（なん、だ……？）

下の方から海の音が聞こえるここは一体どこだろう。どうにか目を開いて身を起こすと、見知らぬ男が三人おり、皆嫌な笑みを浮かべていた。

「……な、なんなんだお前達」

「あーあ。目覚ましちまったかぁ。眠ったまま逝けた方が怖い思いしないで済んだのになぁ」

「は……？」

一体、どういうことだろう。訳が分からずにいると、男の一人がしゃがみ込み、一枚の手紙を見せてきた。

「お前の旦那《だんな》から頼まれたんだよ。〝配偶者〟が邪魔になったから始末してくれってな」

「……え？」

（リナルドが……？）

「ここはもう使われちゃいない灯台の上だ。今からお前を殺して海に投げ込むところだったんだぜ」

鋭いナイフを首に突きつけられてゾッと背筋が冷えた。

殺されるなんて、冗談じゃない。

「だ、誰か！　誰か助けてくれ!!」

そう叫ぶ声が、むなしく暗い夜空に吸い込まれていく。使っていない灯台など、誰も来るはずがないのだ。

始末してくれとリナルドが頼んだ？　彼が、そんなことするはずない。

無意識にそう考えてハッとした。本当にそうだろうか。

今のリナルドが優しく穏やかなのは、事故による記憶の混濁によるものだ。現にミカエルと会ってから、彼の様子はおかしかった。

「それにしても男の配偶者とはなぁ、もっと綺麗《きれい》なもんだと思ってたが……こんなどこからどう見ても男みたいな奴もいるんだな」

「でも顔はそう悪くないぜ」

「どうせ殺しちまうんだ。一度コイツ相手に勃《た》つのかどうか試してみるか？」

笑いながら、話し合う声を聞いて、ゾッと肝を冷やした。

冗談じゃない。そんなことをされてたまるか。ただ、今すぐ殺されないなら、逆にまだ希望はあるのかもしれない。

フィーノは男達の後ろにある、塔の階段の入口を見やった。人一人通るのがやっとの狭い階段。もしどうにかあそこに逃げ込んだとして、今のこの状態で駆け下りられるとは思えない。それでもやるしかない。

こんなところで死にたくはなかった。

「まあせっかくだ。脱がしてみるか」

男がフィーノの文官服に手をかける。

「お、肌結構綺麗だし、いい体してるな。意外とヤれるかも」

「マジかよ！　お前そっちなんじゃねーの」

笑い声が上がる。屈辱に唇を噛みしめながらも、フィーノは一切抵抗しなかった。

「随分、大人しいな。ご主人様にもそうやって従順にしてたのか？」

そうして男がズボンに手をかけようとした時、フィーノは一瞬の隙をついて思いきり男の腹に膝《ひざ》をめり込ませた。

「ぐ、あっ……」

フィーノは後ろ手に縛られたままの不自由な体勢で階段下へ走ろうとした。だが、それは叶《かな》わず、すぐに捕まってしまい、思い切り腹を蹴《け》りあげられた。

衝撃で後ろの壁にぶつかると、鋸壁《きょへき》はかなり脆《もろ》いのか、パラパラと先端が崩れ落ちる。

「っ……」

「おいおい。こっちはよー、最後に優しくしてやろうと思ってたのに痛かったなぁ？　覚悟しろよ」

前髪を摑み上げられて立て続けに何度か殴られる。

（くそ……っ）

四方八方から伸びた手に押さえつけられ、そのまま乱暴に足を開かれそうになった時だった。

ふわりと、何かが塔の鋸壁の上に降り立った。

「……は？」

男達は驚いたのだろう。あんぐりと口を開けていた。

「え、な、なんだお前。どうやってここに来た？」

「お前達こそ、こんなところで何をしている？」

（リナルド……？）

その声に、痛みに呻きながら見上げる。鋸壁の上にリナルドが立っていた。

そのまま彼が手を翳《かざ》すと、突風が吹き、男達がドンッと後ろの壁に激しく激突した。その衝突は凄《すさ》まじく、彼等《かれら》は皆すぐに意識を失った。

（なんだ……一体、何が起こってるんだ？）

やがて彼は慌てた様子でこちらに駆け寄ると、後ろ手に縛られているフィーノの縄を解いた。

「すまん。私がここの所、フィーノをしっかり見ていなかったから……」

そうして抱き起こそうとする手から、反射的に逃げた。

「お前が……頼んだんじゃないのか？　俺を、始末するようにって」

「はあ!? 何を言ってる。そんなことをする訳がないだろう。いいから……そちらは脆くなっていて危ない。こっちに来るんだ」

首を横に振り、間合いを詰めるように迫るリナルドから逃げるように後ずさり、背後の鋸壁に背を預けた時だった。手を突いた場所が崩れ落ちた。バランスを崩してぐらりとよろめき、その瞬間、フィーノの体が宙に投げ出された。一瞬の浮遊感の後、急速に落下していく。

(あ、死ぬ)

あれほど恐れていた死を、妙に冷静に感じていた。結局、自分の人生は何もなかった。ただ利用されるだけで、無価値なままに終わってしまった。この世から消えたら、きっとすぐに皆から忘れ去られてしまうのだろう。まるで最初から、そこにいなかったように。悔しさと虚《むな》しさに涙が零《こぼ》れ落ちる。

だがその時、不意に白い光に包まれて、ふわっと体が浮く感覚がした。

「え?」

自分の体を誰かが抱きとめている。

リナルドだった。だがおかしい。自分達の体は明らかに今、宙に浮いている。そのまま、ふわりふわりと、舞うようにゆっくり地面に向かっていくのをフィーノは信じられない思いで見ていた。

こんなの、現実とは思えない。夢でも見ているのだろうか。

「どういう……ことだ? お、お前、本当に何者なんだ?」

恐る恐る聞いたその時ちょうど、海岸の砂地にすっと降り立った。夜の海面には、月の影が白く長く伸びている。リナルドは僅《わず》かの葛藤《かっとう》の末に言った。

「リナルドは死んだ。私はリナルド・アドルナートではない」

その言葉に絶句する。

「じゃ、じゃあ……お前一体誰なんだ？」

訳が分からず頭を抱えていると、リナルドはフィーノが受けた暴行の痕に手を翳した。

ポウッという温かい光と共に痛みが和らいでいき、痣《あざ》になっていた部分が薄くなっていく。

その光景を、信じられない思いで見つめていた。

「私はゼノスだ」

「ゼノスって……シュレナの魔法使いと同じ名前……」

「そうだ。シュレナの魔法使いのゼノスなんだ」

「何を、言って……」

「この肉体の主……リナルドがフィーノにしてきたことは、ミカエルから聞いた。フィーノにとっては許しがたいことだと思う。だが私は別人だから、フィーノに危害を加えるようなことは決してしない。始末なんてもってのほかだ。それだけは信じてくれ」

「……信じられるか」

混乱する頭で必死にそう絞り出すと、リナルドは頭を押さえて深い溜息を吐いて頷《うなず》いた。

「まあ、そうだろうな」

屋敷に戻ると、リナルドはメイドに茶を用意するように言い、フィーノにこれまでのことを一つ一つ、ゆっくり話して聞かせた。古代シュレナで起きたプリディーヴァの惨劇で彼の師匠であるベルミリオを亡《な》くしたこと、彼を生き返らせようと何度試みても出来ず、魂に記憶を残したまま転生し、リナルドの事故をきっかけに前世の記憶を取り戻したこと。そしてフィーノの魂には彼の師匠であるベルミリオの記憶が眠っていること。それはまるで御伽噺《おとぎばなし》のような内容だったが、妙に生々しく現実的に思えた。

「……つまりお前は、リナルドの外見をしたゼノスで、前世自分の師匠に懸想してた。その師匠ってのが俺ってことか？」

「そういうことだ」

フーッと深い溜息を吐《つ》きながら、フィーノは椅子に沈み込んだ。そして長い沈黙の後に、ようやく一言絞り出した。

「……お前が魔法使いだっていうのは実際見たから百歩譲って信じるけど、俺がベルミリオっていうのは人違いだと思う」

「あっさりとなんてこと言うんだ」

「いや、だって普通に考えてそうだろう」

フィーノが読んだ伝記小説では、ベルミリオは女神のように美しい男で、ひだまりのような微笑、誰も追随できない魔術。誰もが好きになってしまうような太陽のような男だと描かれていたし、それはゼノス……リナルドの話からしても、誇張ではなかったのだろう。

そんな物凄い魂が、自分に宿っているとはとても思えない。

とはいえ、火が怖い理由や、これまでやたらリナルドがフィーノについて詳しかったことにも納得がいった。フィーノの好きなものは、ベルミリオの好きなものでもあったのだろう。

(愛していると言っていたのは、俺に対してじゃなかったんだ)

何よりも納得したのが、そのことだった。

——フィーノ以上に、大事なものなんてない。

あの言葉が、フィーノにはとても嬉《うれ》しかった。だが、一方でずっと引っ掛かっていた。どうしてそこまで、彼が自分を想ってくれるのか分からなかったからだ。

だが、今聞いた話が本当ならば全てにおいて納得がいく。千年かけても会いたかった人の魂が、この中に眠っているのだから、フィーノは彼にとって、命よりも大切な存在になるだろう。

事故以来ずっと分からずにいたことが全て繋《つな》がっていき、どこか安堵《あんど》のようなものを感じながら、少しだけ、胸が痛かった。彼が言ってくれた言葉は、本当に嬉しくて、フィーノを救ってくれたから。

だがこれで安心した。完全に別人だというのなら、もうあの冷酷なリナルドの過去に怯《おび》える必要はないのだと。

リナルドが、あの男達に、フィーノを始末するように手紙を贈ったのも嘘《うそ》だと確信をもって信じられる。この体の中に何千年と探し求めていたベルミリオの魂があるのに、殺すように命じるなんてあり得ない。

「でも、じゃあ一体誰が俺を……」

「誰かが私の名を騙《かた》り、フィーノを狙ったということだ」

「なんでだ？」

「それはまだ分からない。それからもう一つ。五階の火事の出火原因は、おそらく魔法によるものだと思う」

「えっ」

「……火元に、小さな魔方陣があったんだ」

「魔方陣……？」

「古代シュレナの魔法は、基本的に魔方陣が必要になる。私やベルぐらいに優秀な魔法使いになると、魔方陣を省略できるが……高度な魔法を使おうとしたり、時限で火熾《お》こししようとなったら魔方陣を描かないと難しい。今回の件と、関連性があるのかは分からないが……フィーノは何か、心当たりはないのか？」

そう聞かれると、心当たりだらけだった。

「書庫管理の仕事を引き継いでから、変なんだ。やたら視線を感じるし、それから……これはメルバの乱用で見た幻覚かもしれないけど、行方不明ってことになってるジルドの……俺の前任者の幽霊を地下書庫で見た。腹から血流してて〝お前も殺される〟って言われたんだ」

リナルドはその話を聞いても笑う事はなかった。

「悪いが、調べるのを手伝ってくれないか？　シュレナの魔法がもし絡むなら、俺だけじゃどうにもならない」

「最初からそのつもりだ。というか、私がどうにかする。フィーノはただ、隣にいてくれればいい」

真剣な顔でそう言われて、フィーノは微《かす》かに頬を赤らめて目を細めた。

「意外とすぐ赤くなって可愛いなぁフィーノは」

抱きつかれると、フィーノはその体を押し返した。

「あのな……俺は本当に人違いだと思うからあんまり入れ込むなよ」

「私もたまにそうなんじゃないかって思う時はあったぞ。吐血しても働こうとしていた時とかな」

思わず閉口すると、リナルドは笑いながら、フィーノをじっと見つめた。

「でも、その魂の色を……見間違うはずがないんだ」

その言葉には、狂おしいほどのベルミリオに対する愛が詰まっていた。

■5章──①

フィーノがアベレート第二王子の書記官となり二カ月が経《た》ったころ、ランドリアに冬が訪れた。

温暖な気候のランドリアはさほど冷え込まないが、外を歩く時は外套《がいとう》がないと肌寒い。

フィーノは一日の仕事を終えると、騎士団の駐屯地がある西塔の方へと向かった。また狙われるかもしれないということで、基本的に城外を歩く時は危機回避のため常にリナルドと一緒にいる。

フィーノを襲った男達や手紙の差出人も徹底的に探ってみたが、手がかりは摑《つか》めなかった。ただ、あれ以降は特に、危険な目には遭っていない。

「お疲れ」

一日の鍛錬を終えてげっそりした顔をしているリナルドを労《ねぎら》うと、彼は眉根《まゆね》を寄せてフィーノの肩口に顔を埋《うず》める。

「フィーノー……体中が痛い」

泣き言を言う背中をよしよしと撫《な》でてやる。前世で運動がからきしで疲れることが大嫌いだった魔法使いの彼に、騎士団は厳しいらしい。

平時の騎士団の仕事はほぼ鍛錬だ。

怪我《けが》のリハビリ期間ということで休職扱いになってはいるが、それでも筋肉が落ちないように鍛錬はしなければならない。それがとても辛《つら》いらしく、毎日筋肉痛に呻《うめ》いていた。

「まあしょうがない。お前の適職は魔法使いなんだからさ」

現在にも魔法使いという職業が残って入れば、彼は間違いなくエリート中のエリートだというのに、少し哀れに思う。

とはいえ、お飾り副団長では、他の騎士達に示しがつかない。

「明日休みだし、俺も特訓付き合ってやる」

「本当か!?」

「ああ。俺も体動かさないとなぁって思ってたし、剣の相手も多少は出来る。子供の頃は同学年のなかじゃ一番だったんだぞ」

自慢げに言うと、リナルドは「ありがとう。フィーノは優しいなぁ」とフィーノを抱きしめる腕に力を込める。

「おいっ、ここ！　城内だぞ何考えてんだ！」

離れろと慌てて押し返したが、その時だった。

「おーおー今日も熱いねえ」

「アベレート王子！」

慌てて姿勢を正す。上司にとんでもないところを見られてしまったと絶望するフィーノを他所《よそ》に「おお、王子」と気安い様子でリナルドが片手を上げる。

リナルドは、アベレート護衛中に負った怪我のことで随分謝罪を受けたらしく、以来〝友達〟になったらしい。とはいえ、だ。

「気安すぎだろう」

思わず小声で窘《たしな》めた。公爵家の息子《むすこ》とはいえ、相手は王位継承者だ。

「いいんだ。親しい人には気楽に接してねって言ってるし、別にフィーノももっと気楽でいいよ。俺はたまたま王家に生まれただけの人間だからさ」

アルドバは、ランドリアと同じく海洋国家で、南国気質の大らかな国民性の国だ。そこで長い時を過ごしたアベレート王子もまた、とても大らかな気質だった。

王位継承の順位も低く、王位に就く気は一切ないと言っているが、政治改革には積極的に携わると言っていて、精力的に政治会議に参加している。

周りに対して穏やかな一方で、政治の腐敗には強い危機感を覚えており、不正は徹底して見逃さないという姿勢を貫いている。それにより、国民に限らず城内からも、彼を次の国王にと望む声は強かった。フィーノとしてもそうなって欲しいと密《ひそ》かに思っている。

あれやれこれやれとポイポイ仕事を投げてはくるものの、全てにおいて意味のあるものなので、気にならない。良い点は賞賛し、改善点は的確に指摘してくれる。

厳しくも優しく、上司として心から尊敬出来た。この宮廷内や政治がいかに腐敗しているかは、何年もここで文官として働いてきたフィーノは痛い程分かっている。子供の頃憧《あこが》れていたシュレナの英雄みたいに、アベレートなら、この状況を打開してくれるのではないかと思わずにはいられなかった。

そんなアベレートは、フィーノとリナルドを交互に見つめるとにこやかに笑った。

「でも夫夫《ふうふ》仲が良いのはいいことだ。上司としては、夜の疲れを明日に残さないでくれればいいよ。ね！」

途端にシン、と水を打ったように和やかだった空気が静まり返る。

「じゃあ！」とにこやかに去っていくのを見送りながら「帰るか」と歩き出す。

（……気まずい）

そう思いながら馬車に乗り込むと、すぐにリナルドがフィーノの手に指を絡めてきた。

「目につかないところならいいだろう？」

「……男同士で手繋いでなんの意味があるんだよ」

「そうしたいからだ」

理解できないと言いながらも、フィーノはほんの少しだけ心臓の音がトクトクと早まるのを感じた。手と手の触れ合った部分が温かく、心地いい。

今、リナルドとの関係はとても良好だ。

最近は、朝食も夕食も共にし、その後酒を飲んだりして取り留めもない話をしながら眠りにつく。

今は夫夫らしく仲良く暮らしてはいるものの、一番仲の良い友達という関係だ。

リナルド……というより、ゼノスが愛しているのはベルミリオな訳で、子供を産まなければならない男女間の結婚とも違うし、恋愛関係にないなら肉体関係も必要ない。

違う人間に恋慕していても、リナルドはフィーノをとても大切に、家族として愛してくれている。

だからこれで何の問題もない。今のこの関係がとても心地好《よ》い。

そう、言い聞かせていた。


フィーノは週末になるとよく、古代シュレナの遺跡をリナルドに案内して貰《もら》っていた。当時を生きた人間から直接案内をして貰えるなんて、とても贅沢《ぜいたく》なことだ。今日もフィーノは、リナルドにゼノスとベルミリオがかつて暮らしていた町を案内して貰っていた。

「えっ、ここが。ウェスペル邸があった場所？」

シュレナ伝記には様々なエピソードがあるがその中でも〝ウェスペル邸の一夜〟という話は有名なエピソードだった。

正攻法では勝てないかもしれない凶悪魔法使いに対し、どう挑むか考えたベルミリオが知略を働かせ、弟子のゼノスを自分に変装させて最初に屋敷に送り込み、相手を油断させたところに本物のベルミリオが現れて完膚無きまでにやっつけたという話だ。

変装して潜入捜査をするという場面やゼノスのピンチ、ここぞという時に登場するベルミリオの姿に子供ながらワクワクして、フィーノも子供の頃何度も繰り返し読んだ話だった。メイドのマリアの前でごっこ遊びをしたことも何度もある。

今はもう、全く別の建物になってはいるものの、千年前に起きた事件に想いを馳《は》せてみると、感慨深い。そう思っていると、リナルドがうんうんと腕を組みながら話し始めた。

「そうそう。懐かしいなぁ。あの日は朝から魔法の依頼があったっていうのにベルが二日酔いで動けなかったから私が金髪のカツラ被ってベルの振りして行ったんだよ。そしたら依頼なんてただの建て前で、ベルに会いたいだけのヤバイおっさんでなぁ。〝俺の知ってるベルたんと全然違う〟って大暴れされたところに二日酔いから復活したベルが来て、どうにかやっつけてくれたんだ。だが、完全に伸びてしまったから依頼料をどうやって貰おうかって話し合って勝手に貰ってこうということになり、部屋を漁《あさ》ったら出るわ出るわ違法魔法薬……慌てて通報したら他にもとんでもない前科持ちの凶悪魔法使いだったことが判明して……」

その解説を聞き、フィーノは「ちょっと待て！」と声を荒らげた。

「嘘《うそ》だ。信じないぞ。そんなしょうもない話だったのかあれは」

少年時代の俺の憧れを返せとリナルドの胸倉を摑む。

「いや、私に言うな。ランドリアの人間はちょっとベルのこと美化しすぎじゃないか？　ベルが美しかったのは顔と……あとまあ心と……うーん、まあ全体的に美しかった。綺麗《きれい》だったな。だからいつも笑ってて、周りには人が絶えなかった。あんな奴《やつ》はそうそういないなぁ」

思い出を聞く度に、彼は本当にベルミリオが好きだったのだと実感する。そしてその度に、自分の中に眠っている彼の魂を起こして、少しでも会わせてやれないものかと切なくなった。だが、いくら彼等《かれら》の思い出話を聞いても、ほんの時折デジャヴのようなものが掠《かす》めることはあっても、どうしてもその記憶を取り戻すことは出来なかった。

「海で酒飲んでると、どこからともなく酔っ払いが集まってきて、私はよく知らん奴と飲むのとか無理だったから一人離れたところで膝《ひざ》を抱えていた」

（……なんか可哀相《かわいそう》な奴だな）

想像すると哀れな光景だと思いながらも、フィーノはリナルドを見上げながら言った。

「なあ、やっぱり俺がベルの生まれ変わりって、人違いじゃないのか。俺と違い過ぎるだろ」

「何度見ても間違いない。私には魂の色が見えるからな」

「どんな風に見えるんだ？」

「魔法を使って目を凝らすと、胸の辺りに浮かんで見える。一人一人、全然違う色や形、輝きをしているが……フィーノのそれは、ベルのもので間違いない。それに……私はフィーノとベルが違い過ぎるとは思わないぞ。むしろ、似てるなぁと思うことの方が多い」

「そんな訳あるか」

その時ふと、子供向けの玩具屋《がんぐや》が目に入った。

「あ、悪い。ちょっと寄っていいか？」

「もちろんだ。荷物持ちは任せておけ」

「そんなに買わねえよ」

そう言いながら店に入ると、たくさんの人形や、乗り物の模型などが並んでいた。

最近の玩具はすごいなぁと感心しながら、フィーノは足を止めると、最新型の船の模型と魔獣の人形を見比べてしばらく悩んだ後、やがてリナルドの方を見上げた。

「なぁ、子供にやるならどちらの方が喜ぶと思う？」

「うん？　そうだなぁ、私だったらこれかな。ランドリアの技術はすごいなぁ。こんなに精巧に作れるとは……」

リナルドが船の模型を指差した。

「だよな。俺も子供だったらこっちが欲しい。……すまない、これをくれないか？」

店の主人に声を掛けると、贈り物ですか？　と聞かれ、フィーノは頷《うなず》き、包装してもらうよう頼んだ。

「ファロにあげるのか？」

「ああ。今度、簡単な試験をするんだ。合格出来たら、やろうと思って」

「……優しいなあ」

「は？　そうじゃない。報酬がある方が、成績は伸びるだろ。その方が効率がいい」

合理的なやり方だと言うが、リナルドは「うんうんそうかそうか」と腹の立つ笑みを浮かべている。

そんな風に微笑《ほほえ》まれると、段々恥ずかしくなってきて、フィーノは商品を受け取るとリナルドを置いて足早にその場を離れた。すぐに「待ってくれ」と情けない声と共にリナルドが追いかけてくる。

「そういうところだ」

「？」

「そういうところが、フィーノがベルに似てるなあと思うんだ。愛情深いところがな」

愛情深いなど、言われたこともないし全くピンと来ない。

リナルドの言う事はよく分からんと思いながらフィーノはファロに買った玩具を抱え直す。

日が暮れて来た頃、屋敷に戻ろうと帰路についていると、リナルドが辺りを見回しながらどこか感心したように言った。

「この国の町は、シュレナの頃よりは長閑《のどか》なものだな。シュレナは昼間でも町中に物乞《ものご》いや餓死者が溢《あふ》れていた」

「違う。区画分けされてるだけだ」

「区画分け？」

「現国王が、王城の周りにいる物乞いは景観に悪いからと言って、区画分けすることにしたんだ。城付近で物乞いをして騎士達に見つかるとミリア地区に無理やり連れてかれる。そっちは貧民しか住んでいない……地獄みたいな町だ。赤ん坊や子供の死体が水路中に流れてるし、餓死者がその辺に転がってる。俺も子供の頃、奉仕活動で一度行ったが……何日も悪夢に見るぐらい悲惨だった」

「ミリア地区か……その地名はなんとなく覚えがあるな」

リナルドが歯がゆそうに言った。きっと、彼自身の記憶にはないのだろう。

「お前の記憶にはないかもしれないが〝リナルド〟は騎士だから、何度も行ってるはずだ。騎士見習いは学生の頃から、奉仕活動の一環で、ミリア地区の見回りをさせられる」

「見回り？」

「あの辺りは、無法地帯みたいになってるから、犯罪の温床なんだよ。でもだからってあそこの治安を守るのに金は掛けたくない。だから若い騎士見習い達が、授業の一環で無償で見回りをする。実際、何かを見つけたところで騎士団が動くこともないし、学生達が彼等に出来ることなんてほとんどないのにな」

「そうなのか……」

ファロも、ああいう場所で暮らしていたのだろうか。

「アベレート様は……ミリア地区の問題にも取り組んで下さると言っていたが、本当に出来るんだろうか」

「あの王子は気骨があるからな」

そう口にした後、リナルドはしばらくの間口を閉ざして、それから言った。

「だが、だからと言って急な改革は歪《ゆが》みが出る。それはそれで国が荒れて、内乱や望まない死者を出してしまう」

「え……？」

そういえば、ゼノスはコルネリウス王の急な改革によって、悲惨な幼少期を過ごしたとのだと思い出した。

「だが、あの王子はそういうことも、分かっていると思うぞ。なかなか賢いからな」

「お前、王子に対する気安すぎる態度、俺の前でならいいけど城でそれやめろよ。不敬罪で捕まるぞ。お前が捕まったら俺まで被害を被るんだからな」

「そうだな。私達はとびきり仲の良い夫夫だから。……全部繋《つな》がってしまうな。悪い事も、良い事も」

ギュッと手を繋がれながら言われて振りほどくが、すぐにまた繋ぎ直されてしまう。

「勝手に仲がいい事にするなよ」

「仲はいいだろう？　平日も仕事時間以外は常に一緒で、休日出かける時もずっと一緒なのだから」

「それはまた、ああいう事がないようにするためだろ」

そう言ったところで、ふと、それは全部フィーノのためだということに気付く。

リナルド自身は、別にフィーノと一緒にいる必要はないのだ。それでも、こうしていつも共にいてくれて、危険なことがないように守ってくれている。

フィーノが仕事で遅くなっても何時になったとしても帰るまで必ず待っていてくれる。心配なら屋敷の使用人に送り迎えを任せてもいいのに。

(……俺じゃなくて俺の中にいるベルのためだが……あれ？　でも)

その時ふと、頭をよぎった。魂は一つの体に二つは宿らない。ゼノスが前世の記憶を思い出したのは、リナルドが死に、魂が離れたから。

それならば、もし自分が死んで魂が離れかけた時、この体にはベルミリオの記憶が蘇《よみがえ》り、ゼノスは彼と再会することが出来るのではないだろうか。

もちろん、確実なことではないかもしれないが、それでも彼は、フィーノのことを大切に守ろうとしてくれる。

(千年も待ってた相手なのに、優しい奴……)

フィーノは日中、アベレート王子に付き添い政治会議に参加して議事録を取る機会が多かった。

会議で持ち帰り事項があった場合は出来るだけその日中に調べて調査書としてあげておきたいため、

会議が多いと帰りが遅くなることもある。

(今日は遅くなったな……)

そう思いながら、今日作成した書類をまとめていると、コトッと机の端に茶が置かれ、その後遠慮がちに袖口《そでぐち》を引かれた。

「ファロ」

彼は両腕に、紙束を抱えていた。

「宿題出来たのか？」

コクッと頷いた。口が利けないのでは意思疎通が不便だろうと、最近は空き時間や仕事終わりに彼に字を教えていた。

「かぜ、とり、くも、そら……、うん。全部書けてる。基本的な単語は結構書けてきたからそろそろ文章に挑戦してみるか？」

ファロは意欲的に頷いた。彼はとても勉強熱心なのだ。偉いなぁと頭を撫《な》でると、ファロはニコニコと笑った。その時だった。

「フィーノ」

執務室に、リナルドが迎えに来た。彼はフィーノの側《そば》に立っているファロを見て頬を緩めた。

「おお、この子がファロか？」

「ああ、そうだ」

「ファロ。こいつはリナルド。俺の……ええと」

友達ではないが、なんと言おうかと迷っているとリナルドが「フィーノの夫だ」と答える。

リナルドにも、ファロに字を教えていることは話していた。

「可愛い子だな」

リナルドがしゃがみ込んで頭を撫でようとすると、ファロが練習帳を後ろ手に隠して後ずさった。

「？」

「どうした？」

フィーノの後ろに隠れてしまっている。一体どうしたというのだろう。

「どうした？　こいつ全然怖くないぞ」

そう言い聞かせるが、ファロは首を横に振って部屋を出ていってしまった。人見知りなのだろうか。

そういえば、ファロがフィーノ以外の人間に懐いているところは見たことがなかった。

「ショックだ……前世では子供に大人気の魔法使いのお兄さんだったんだが……」

「でかいし怖かったんじゃないのか？」

フィーノは平均身長より僅《わず》かに低いぐらいだが、リナルドはそんなフィーノが見上げるぐらいには背丈がある。無表情だと人間離れした美形でもあるため、子供には少し怖いかもしれない。

「いや、フィーノの方がパッと見は怖そうだろう」

まあそうだ。あまり目つきもいい方ではないし、周りからも近寄りがたいと言われている。うるさいと睨《にら》みつけるが、リナルドは穏やかに笑う。

「……だが、実際は面倒見がよくて優しい奴だからなあ。あの子供はすごく人を見る目がある。将来大物になるぞ」

照れ隠しにボスっと肘《ひじ》をめりこませると、リナルドは大げさに痛がった後に言った。

「あの子が望んだら、うちの使用人に迎えたらどうだ？」

「……いいのか？」

「いいもなにも、あの屋敷はフィーノの屋敷でもあるんだから遠慮することはないだろ」

配偶者は主人の命に従わなければならないという法律だが、リナルドはたった一度、〝監禁〟をしたとき以外はその権力を使わなかった。

むしろ何事においてもフィーノの意見を優先させるので、日常生活では、まるでフィーノの方が主人のようになっている。

「あいつの保護者と話して、ファロがうちに来ることを望んでくれたら、ロッシに相談してみる」

「それがいい。もしもっと勉強したいというなら家庭教師を付けてあげてもいいし、学校に行かせてやってもいい。望んでくれたら、養子にしてもいいしな」

「え？」

その言葉に、目を見開いた。

「フィーノならいいママになれると思うし、私もきっといいパパになれると思う」

「誰がママだよ」

最初は懐かれたら迷惑だと思っていたし、適当にあしらっていたが、ここまでくるとさすがに情も湧いてきている。

保護者はいるらしいのだが、意思疎通が出来ないので誰なのかが未《いま》だに分からない。

もっと文字を書けるようになったら、聞き出して交渉してみようと思う。

夜遅くに城で働いていることもあるし、あの年まで読み書きを習わせていないなんて、ちゃんとした保護者だとは思えない。

ただ、どんな者でも保護者がいるのなら勝手に屋敷に連れていくのは誘拐になってしまうから、今はまだ、それは出来なかった。


冬が深まってきた頃、リナルド宛《あて》に、パーティーの招待状が届いた。送り主はコヴェリ伯爵家で、アドルナート家とも親交の深い名家だった。

「こういうのってどうするべきなんだ？」

前世捨て子だったというリナルドは、貴族の社交というものに慣れていない。フィーノもまたそうだ。

子供の頃は、父に連れ回されて色々なパーティーに出席していたが、リナルドと結婚してからはろくに参加していない。

連れ歩くのは恥だとも言われていたし、リナルドもかなりの厭世家《えんせいか》だった。不仲も社交界に知れ渡っていたので、気を遣われて招待状自体が少なかった。リナルドが参加したくないならする必要もないのではないかと思ったが、ふと、コヴェリ家の交友関係を思い出してハッとした。

「……参加しよう。コヴェリ家はジルドの実家のダレッシオ家とも関係が深いから、何か情報が得られるかもしれない」

「なるほど。確かにそうだな。それに楽しそうだ」

「……遊びに行くんじゃないからな？」


そうして一週間後。フィーノはリナルドと共に、コヴェリ伯爵家のパーティーに参加することになった。

「……貴族というのは大変だな。前世はローブ一枚で毎日事足りてたのに」

夜会服に袖《そで》を通したリナルドがひどく窮屈そうにしながら現れたのを見て、フィーノは思わず目を見開いた。

「……っ」

「フィーノ？」

「なんでもない……」

（顔がよすぎる……）

普段から黙っていると顔だけはものすごく美形なのに、夜会服など着ようものなら破壊力がすごかった。

昔はこの顔がとにかく怖くて、美醜を意識することもなかったが、改めて物凄《ものすご》い美形を伴侶《はんりょ》にしているのだと実感した。いつも適当な髪の毛もきちんと撫でつけており、これはパーティーに参加する他の若い淑女たちも夢中になること間違いなしだろう。

だが、よく見てみると、派手にスカーフが曲がっていて、フィーノは思わず笑いながらそれを直してやった。

するとリナルドは、まだ酔ってもいないはずなのにやけに頬を赤くしながら、スカーフを直すフィーノを見つめる。

「フィーノ、今日はいつにも増して綺麗《きれい》だ」

「もう酔ってんのか」

圧倒的に眩《まぶ》しい容姿を前にして、フィーノは冷静に言うが、リナルドはフィーノの顔を覗《のぞ》き込《こ》み、肩に手を置くと真剣な目をして言った。

「モテること間違いなしだが絶対に浮気はダメだからな」

何言ってんだと笑おうとしたがあまりに真剣な表情をしているので思わず目を逸《そ》らせてしまう。代わりにフィーノは、直し終わったスカーフを軽く引っ張って言った。

「それはこっちの台詞《せりふ》だ」

パーティーの場にフィーノ達が現れると、途端に場がざわついた。それはそうだろう。リナルドの見た目は目立ちすぎるし、そもそも長年、自分達の不仲は知れ渡っていたのだから。

「まあ、リナルド様……なんてお美しい」

さざめきのように広がる賞賛の声に、少し誇らしい気持ちになる。

「フィーノ様も、あんなにお美しかったかしら」

「殿方同士のご夫夫《ふうふ》って素敵ねぇ。絵になるわ」

リナルドの両親にもあの事故以来久しぶりに挨拶《あいさつ》をしに行ったが、二人ともとても驚いていた。

ずっと不仲だったのを気にかけられていたからだ。

アドルナート公爵夫妻はリナルドが政敵であるセラフィーノ家の子息ミカエルと愛人関係にあると噂《うわさ》されていることに立腹していたので、今回二人揃《そろ》ってのパーティー参加となったことに驚き、喜んでいた。

挨拶回りを済ませると、リナルドが、輪の中心で踊る若い男女を見ながら笑顔で指差して言った。

「フィーノ、ほら、私達も踊ろう」

「男同士で踊ったらおかしいだろ」

「だが、せっかくだからフィーノとの仲を社交界に知らしめたい」

「踊らない。そんなことはどうでもいいからほら、ジルドの実家ダレッシオ家と交流あるのはこのパーティー主催のコヴェリ家の他、あの辺り一帯もそうだ。ご婦人たちの方が、色々話してくれそうだから、サクサク当たるぞ」

仕事然とした口調でてきぱきと指示すると浮かれていたリナルドはしょんぼりと肩を落とした。

輪になっている婦人たちの元に近づくと、挨拶をする前から迫られ、取り囲まれてしまう。

「あら、リナルド様お久しぶり。フィーノ様は初めましてかしら」

「は、はい」

「お二人が揃うところを私初めて見ましたわ。お二人とも素敵ね」

「ありがとうございます」

四方八方から矢継ぎ早に質問が飛んできて、フィーノは顔を引《ひ》き攣《つ》らせながら後ずさりそうになった。

「でも……不思議ですわ。リナルド様はずっとミカエル様と熱愛とのお噂でしたのに……いつの間に仲直りしたんですの？」

どこからか飛んできた意地の悪い質問に顔を引き攣らせながら笑うと、リナルドがフィーノの肩を抱いて答えた。

「ええ、仲直りしたんです。ミカエルとの関係は全くの誤解ですし、私はフィーノだけを愛していま す。……どうかこの事実を広めてくださいませんか。正しい情報の拡散には小鳥のようによく喋《しゃべ》るご婦人方の力が必要です」

「お、おい」

淑女たちは少しの間ぽかんとしていたが、すぐにひとしきり笑って「お喋りなら任せてちょうだい」と豪語してくれた。

それからもしばらくの間、結婚生活についての質問ばかりが飛び交っていたが、ようやく落ち着いてきた頃、フィーノは本題とばかりにジルドについての噂を切り出した。

皆首を傾《かし》げていたが、一人の女性が「そういえば」と声を上げた。

「そういえば、町の酒場から出てくるところを見たという話を聞きましたわ。何やらフードを被った怪しい男性と一緒にいたということですが……」

「それはいつ頃？　酒場がどの辺りかはご存じですか」

「ええと、割と最近……一カ月ぐらい前かしらねえ」

「一カ月前？」

ではやはり、フィーノが見たものは幻覚で、ジルドは殺されてはいないのだろうか。それなら、少しは安心なのだが、怪しい男と一緒だったというのが気になる。

「そんなことよりも、ねえ、殿方同士の結婚生活に興味があるわ。詳しく教えて下さらない？」

「ええ……？」

「夜は一緒に寝ていらっしゃいますの？」

「毎日キスはされて？」

「ちょっと、はしたないわよ！」


（あー……疲れた）

フィーノはぐったりと、バルコニーの手すりにもたれかかった。勧められるままに酒を飲み過ぎてしまったせいでふらつくが、なんとなくまだ飲み足りずにグラスを手にちびちびと飲んでいた。

ドレープカーテン越しには、若い男女が踊っているのが見える。冷たい夜風が心地好《よ》かった。

リナルドは年若い御令嬢たちに捕まってしまっていて、身動きが取れないようだ。

昔はこういうパーティーが大嫌いだった。リナルドと参加したところで徹底的に無視されるだけで、そんな様子を周りから笑われ、まだ学生だった頃はいつも一人バルコニーで終わりの時間まで外を眺めて過ごしていた。思い出したくもないことを思い出していると、ふと、「フィーノ」と誰かに呼び止められた。

「久しぶりだな。元気にしていたか？」

その顔には覚えがあるが、酔っていることもあり、咄嗟《とっさ》に名前が思い出せずにいた。

（誰だっけ……）

おそらく貴族学校時代の同級生の誰かだ。まだ入学したての幼く可愛らしかったころ、よく絡まれていたような気がする。

あまりそういう連中にいい思い出はないが、無視をするのも大人げないだろうと「久しぶり」と返事だけはした。こんな余裕が出来たのも、リナルドとの穏やかな暮らしのおかげのような気がする。

柔らかく笑うと、男は少し驚いたように目を見開いた。

「びっくりしたよ。リナルド様とはずっと不仲だと思ってたから」

「最近は結構上手《うま》くやってるんだ」

すると男はこちらをちらりと見た。

「なんか、雰囲気変わったな」

「そうか？」

「……ああ、なんというかその……」

男はそこで言葉を止める。

「子供の頃は、俺、フィーノのことが好きだったんだぞ」

「え？　あー、まあ、あの頃は女みたいなツラしてたからな。今じゃ面影もないだろ」

ニヤッと笑って見せるが、男は否定も肯定もしないまま、バルコニーの手すりにもたれかかる。やけに距離が近いなと思いながらグラスに残った酒を一口飲む。

「なあ、リナルド様と本当に上手くやってんのか？」

「どういう意味だ？」

「リナルド様は、ミカエル様のところにずっと通ってたって聞いたぞ。だったらお前も別にいいんじゃないか。たまには……その……」

「はぁ？」

意図が分からずにいた時、リナルドがカーテンを捲《めく》って現れた。

「私の妻に何か用か？」

すると男はビクッと体を震わせて逃げて行ってしまった。

（なんだったんだあいつ……）

「フィーノ。明日二日酔いになると辛《つら》いから飲んでおけ」

そう言って、水の入ったグラスを渡される。冷えた水は美味《おい》しくて飲み干し、「……ありがとう」と礼を言う。

するとリナルドは首元を緩めながら溜息《ためいき》を吐《つ》いて笑った。

「ご婦人たちのパワーはすごいな。圧倒されてしまった」

「ああ、疲れたな」

「みんな私達の恋愛事情に興味津々だったな」

「まあ、気になるところだろうな。実際期待されるようなもんじゃないが」

気の置けない友人だと笑うと、リナルドも酒の飲み過ぎで少し赤らんだ顔で言った。

「……いっそ期待に応えないか？」

「なんで？」

「そうすれば、フィーノに余計な虫がつかなくなる」

「虫なんてついてないが？」

自分の夜会服のあちこちを見ていると「比喩《ひゆ》だ酔っ払い」と嗜《たしな》められる。

「……浮気はするなと言ったはずだ」

ふざけて言っているのかと思ったが思いのほか真剣な顔をしていてたじろいだ。

「大体、期待に応えるってどうやるんだよ」

首を傾げながら尋ねると、リナルドがそっとこちらに手を伸ばしてきた。

頬に手を添えられて顔を近づけられ、唇を合わせられた。

「!?」

驚いて身を引こうとしたが、グッとやや強引に体を引き戻される。

ひどく酒に酔っていて、頭がぼーっとしていたせいだろうか。それ以上抵抗することなく目を閉じてそれを受け入れてしまう。

そうして、しばらくの間、繰り返される口づけを夢中で受け入れていた。心なしか、カーテンの向こうが騒がしい気がする。

胸の鼓動が高鳴る幸せな高揚感に溺《おぼ》れながらも、酒でほとんど溶けかかった理性が、やめておけと咎《とが》めている。

彼をそういう風に好きにはなりたくない。彼が今口づけている相手は、自分の中にいる全く別の人間なのだから。


宮廷の一階には、文官向けに用意された食堂がある。以前は自席で一日一回のコルーネが基本だったフィーノも最近はここでシモーネと昼食を共に利用するようになっていた。

(頭が痛い……)

昨日のパーティーの二日酔いですこぶる体調がよくない。二日酔いに効く貝のスープを飲みながら、昨日のバルコニーでのことを思い出す。

酔っぱらっていたとはいえ、あんな場所で一体、何をしていたのだろう。

「フィーノくん大丈夫？　顔真っ赤だよ」

「えっ？　そうか？　ここ暑いからな」

そう言いながら顔を煽《あお》ぐと、シモーネは「今真冬だよ」と小声で突っ込む。そしてそれから、丸い目を輝かせ、微《かす》かにこちらに顔を寄せてヒソヒソ声で言った。

「昨日、パーティーでリナルド様と熱烈なキスをしたんだって？」

思わず、スープを噴き出しそうになり、ゴホゴホと噎《む》せる。

「なんで、知って……」

「もう宮廷中の噂《うわさ》だよ。絵のように美しいキスだったたって」

そういえばリナルドが、自分達の仲を広めるように婦人方に頼んでいたことを思い出した。恐ろしい拡散力とスピードだ。ただの噂だと否定しながらスープを啜《すす》る。

「最近すごく幸せそうだねえ。毎日幸せな新婚オーラがすごいよ」

山盛りに盛ったケーキを頬張りながら、シモーネが言う。

「新婚どころか結婚七年目だ」

そういえばそうだっけとシモーネが頰を掻《か》いた。

「でも、今は凄《すご》く愛されてるじゃない」

「仲はいいけど、そういう関係じゃない。あいつには好きな奴《やつ》がいるし」

「え、でもミカエル様とのは嘘《うそ》だったたって……」

「そこは違うけど、もっとすごい相手がいるんだよ」

千年を超える大恋愛だ。太刀《たち》打《う》ちできるはずもない。

「僕はリナルド様はフィーノくんのことすごく好きなんだなーって思うよ。フィーノくんとくっついてると、たまにすごい視線で威圧されることあるし」

「そんなことはしてないだろ？」

顔が美形すぎて、真顔だと怖いというのは分かる。

「ねえ、フィーノくん。今年のプリディーヴァは、リナルド様に刺繍《ししゅう》プレゼントするの？」

「え？」

プリディーヴァの贈り物。呆気《あっけ》なく燃やされた自分の好意。

古傷が開くように、昔の思い出がよぎり、ズキッと痛みが走った。

「な、なんでだよ。男がそんなことするか」

「えー、絶対喜ぶよ。いいなぁ僕もいつか貰《もら》ってみたいなぁ」

――夫はね、毎年これを贈るとすごく喜んでくれるんです。その顔を見ると、日頃の苦労なんて吹っ飛ぶんですよ。

マリアから言われた言葉をふと、思い出した。彼女は今どうしているだろう。もう何年も領地に戻っていない。

リナルドのことは好きだけれど、同じ気持ちで愛して欲しいとは思っていない。

だが、彼はもう、本当に刺繍を貰いたい相手からは貰う事が出来ないのだから、せめて、同じ魂を持った自分が贈ったら少しは喜んでくれるだろうか。

子供の頃にリナルドに贈ったときの凍るような視線が脳裏をよぎる。それでも、今のリナルドなら、きっと大げさなぐらいに喜んでくれるような気がした。

時計を見ると、まだ昼の休憩時間には余裕がある。シモーネは手をクリームだらけにしていたが山のようにあったケーキをもうすぐ全てたいらげようとしていた。

「……お前、この後暇？」

「え？」

「この年で男一人で手芸店行くのキツイ」

前はメイドのマリアに買ってきて貰った。屋敷のメイドに頼むという手もあるが、皆リナルドとは仲がよく、お喋《しゃべ》りなので当日までに漏れるリスクが高い。

「お前なら、男でも手芸店にいてあんまり違和感ないし……暇だったら付いて来てほしい」

長い付き合いにはなるが、ずっと距離を取ってきていて、こんなことを頼むのは初めてのことだったので、少し照れくさく、「ケーキ奢《おご》るから」と付け足した。

すると、シモーネはしばらくの間驚いたように瞬きを繰り返していたが、やがて嬉《うれ》しそうに笑ってフィーノの両手をクリームだらけの手で摑《つか》んでブンブンと振り回した。

「もちろんだよ！　うわー、嬉しいなぁ。フィーノくんが初めて遊びに誘ってくれた」

「なっ……別にそういう訳じゃなくて、用事に付き合わせるだけだ」

「違うよ。遊びに行くんだよー。あと、ケーキは奢らなくていいから今度一緒に食べに行こう」

「男二人でか……」

想像すると痛々しい光景に思え溜息を吐くが、自分だけ用事に付き合って貰うというのはフェアじゃない。覚悟を決めていると、シモーネがニコニコしながら言った。

「ねえ覚えてる？　学生の時、フィーノくん、僕をいじめてた奴、やっつけてくれたでしょ」

「……そんなことあったか？」

「あったんだよ」

確かに学生時代、鈍くさいシモーネはよく同級生や上級生からいじめられていた気がする。そして自分も彼等《かれら》には別の形でよく絡まれていて腹が立っていた。多分それで撃退したのを、自分を助けたのだと勘違いしているのではないだろうか。

「……フィーノくんがどんなつもりだったにしても、あの時から、フィーノくんは憧《あこが》れだったんだ。強くて何でも出来てかっこよくて、鈍くさい僕とも仲良くしてくれる友達なんだ。だから嬉しいんだよ。そんなフィーノくんが、僕に頼み事をしてくれるっていうのは」

「シモーネ……」

思えばずっと、〝友達〟として変わらない態度で接してくれていた。こちらが遠ざけても、嫌な顔もせず、いつも話しかけてくれた。

「お前……いい奴だな」

思わずそう言うと、彼はクリームに染まったスプーンを取り落として怪訝《けげん》そうに眉《まゆ》を寄せた。

「どうしたのフィーノくん。二日酔いひどい？」

「……地味にいつも失礼なんだよな」

そう思いながらも、フィーノは顔を逸《そ》らせたまま「ありがとな」とシモーネに礼を言った。

その日の午後、フィーノは必死に走ってアベレート王子の部屋へ向かった。昼休みにシモーネに付き合って貰って買ったばかりの刺繍用の糸と布が、文官用の上着のポケットに入っている。

（あいつ……歩くの遅すぎ……っ）

シモーネの速度に付き合っていたら、思いのほか時間がかかってしまった。遅刻ではないが、時間前行動が原則のフィーノにはギリギリの時間に着くのは焦ってしまう。その上、アベレートのいる王室居住区までには長い廊下があり、とても遠い。さすがに、国王も歩くことのあるその廊下を走る訳にはいかず、速足で歩き抜けると、呼吸を整えて部屋に入る。するとそこには、アベレートの他に王太子であるジュリアーノ第一王子の姿があった。

慌てて退席しようとすると、アベレートが「いいよいいよ」と引き止めてくれた。

国王の堕落や宰相との癒着を毅然《きぜん》とした態度で批判するアベレートは、国王から煙たがられており、他の王子たちからも遠巻きにされているようだった。他の王子たちと一緒にいるところもあまり見たことがなかったので珍しいなと思っていると、ジュリアーノはフィーノの顔を見て「ああ」と手を叩《たた》いた。

「この子が例の、優秀な書記官のフィーノくん？」

ジュリアーノが、アベレートに問いかける。ジュリアーノは、顔は国王に似ているが、もっとずっと柔和な雰囲気だ。シモーネに、少し似ているかもしれない。おっとりとした雰囲気があり、優し気だ。だがその少し頼りない風貌《ふうぼう》から、将来は現宰相やその周辺貴族の傀儡《かいらい》になるのではと危惧《きぐ》されている。

「ああ。フィーノに頼めば何でもやってくれるよ。どんな質問にも答えてくれるしね。ねっ、フィーノ。五年前に未曾有《みぞう》の水害が起きた年のアルドバの年間降水量を教えて」

「二千九百八十八メレルです」

「おーっ、すごいすごーい」

パチパチパチパチとジュリアーノが盛大な拍手をしてくれたので、フィーノは気持ちよくなって思わず

「どうだ」と言いたげな得意げな笑みを浮かべてしまい、慌てて表情を戻した。

「じゃあ、また後で来るね。フィーノくん、こいつ、人使い荒いと思うけど、嫌な事は嫌って言っていいから、頑張ってね！」

ジュリアーノはそう励ましてくれて、部屋から出て行った。

(なんというか……良い人だ)

国王の横でおどおどしている印象しかなかったので、きちんと会話をしたのは初めてのことだった。

「兄さん、癒し系でしょ？」

「はい」

そう言うと、アベレートは満足気に頷《うなず》いた。ただ、この二人が仲良くしているというのは不思議だった。第一王子にしてみれば皆がアベレートをと望むのを、きっとあまり快くは思っていないのではないかと思っていたから。

「仲良くて意外だなって顔してるね」

「いっ、いえ……そんな、ことは……」

「その分かりやすいとこ可愛いよね。信頼できるよ。フィーノは絶対嘘吐《つ》けないなって」

「はっ、ありがとうございます」

リナルドに言われたら激怒するが、王族に褒められたらなんでも感謝の意を示してしまう。

「兄さんがいるから俺はギリギリ、王宮の中で浮かずにいられるんだ。……いや、大分浮いてるか。まあでもとにかく、これだけ俺が破天荒にしててもなんとか国王と正面衝突せずにいられるのは、兄さんが色んなこと全部我慢して、調整役になってくれてるからなんだよ」

「そう、だったのですか？」

あんまりこんな話は人にしないけど、フィーノにならいいかと、アベレートが言う。

「自分で言うのもなんだけど、俺は多分、王になったら歴史に名前を残すタイプの国王になると思う。シュレナでいうコルネリウス王みたいな。熱狂的な支持者がつくタイプのね。……あ、今自分で言うなよって顔したな？」

思わず目を逸らすが、アベレートは「まあいいや」と大して気分を害さずに続けた。

「だからこそ俺は一番上にいてはいけないんだ。過激になりすぎるからね」

「……え？」

「もし俺が、法律を無視して王座を奪い、国は一時的に荒れるものの、数十年かけて落ち着き、伝説の賢君となったとする。それは歴史の一幕として見たときに英雄譚《えいゆうたん》としては素晴らしいことかもしれない。変革に犠牲はつきものだ。だが、その時代を生きる者にとっては、数十年、いや一生に近い長い時間を今以上の貧困に苦しみ続ける。果たしてそれでいいと思うか？」

フィーノは即座に首を横に振った。

「兄さんは決して無能じゃないし、誰よりも現状に苦慮している。だが、王太子という立場上、父が国王として立っている間は、それを大っぴらには出来ない。その分、俺が自由に動けるから、有能に見えるだけだ。兄さんが王位についたら、俺は兄さんに全力で協力して人生を賭《か》け、この国に対して出来ることをするつもりだ。それがきっと、一番混乱を生まない」

そうしてアベレートは書斎の壁に貼られたランドリアの地図を眺めながら続けた。

「変革に痛みを伴うのは否めないが、それでも犠牲は最小限にしたい。……国が荒れた時、一番影響を受けるのは、俺が一番守りたいはずの一番弱き者達だから。……そこを犠牲にする変革だけは、あってはならない」

「アベレート様……」

「お前が王太子になれなんて、みんな勝手なこと言ってくるけど、他人から押し付けられた役割はいらない。自分の役割は、自分で決める」

その言葉に、フィーノはハッとした。幼い頃からずっと長いこと、役割に囚《とら》われてきた。父に、母の命を奪ってしまった分、家の役に立てと言われ、リナルドと結婚してからは、彼の役に立つようにと言われた。仕事を自分の居場所にして、縋《すが》りついて、自分の存在意義にしてきた。だがそんな物が、本当に、一体何の役に立つというのだろう。

役割のために必要な人間はいないと、リナルドは言っていた。今ならその意味を、本当に理解した気がする。役割は自分で決めるものなのだ。

瞳《ひとみ》を揺らして、立ち尽くしていると、アベレートが立ち上がりフィーノの肩をバシッと叩いた。

「やだこの上司、かっこいいって顔してる」

「いや、それはさすがに……はい」

本当に、格好いい。彼の追い求める未来を支えたいと心から思えた。

素直に頷くと、アベレートは「俺の部下は可愛いなぁ」とフィーノの頭をグリグリと撫《な》でた。やめてくださいと言いつつも、さすがに王族相手に手は振り払えずにいると、ふと、彼は少し深刻な表情で尋ねてきた。

「ねえフィーノ、リナルドのことで、何か困ってることはない？」

「え？」

「いやあ、君たちがラブラブだっていうのは分かってるんだけどね。でも、心配なんだよ。フィーノは可愛い可愛い俺の部下だから、何かに巻き込まれてやしないかって」

「巻き込まれるって……」

リナルドを騙《かた》る人間の指示で、殺されそうになったことがある。だが、あれはリナルド自身とは関係がなく、あれ以降は今のところなにもない。

「リナルドに……、不審な事はないね？」

どうしてそんなことを聞くのだろう。意図が分からないまま頷くと、アベレートは「良かった」と少しホッとした様子で笑った。

「うわっ、ていうかヤバイ！　会議始まる！」

「あああっ、申し訳ありません！　私としたことが」

「走るよっ！」

慌ただしく廊下に出て走り出す。一人の時は走れなかった廊下だが、今は王子も一緒だからいいだろう。アベレートはその長い廊下を走りながら、「この無駄に長い廊下は、縮小すべきだね」と苦笑した。

■5章―②

本格的な冬が訪れたある日、夕食後の時間、リナルドはロッシから酒を貰《もら》ってフィーノの部屋を訪れた。いつものようにノックしてドアを開けると、フィーノが背中を丸めてせっせと何かを作っているのが目に入った。

「何してるんだ？」

そう声をかけると、彼は大げさなぐらいに飛び上がり、その〝何か〟を後ろ手に隠す。

「……なんでもない」

「どうした？」

「顔が赤いぞ」

「気のせいだろ」

フィーノは何かを机の引き出しにボスッと突っ込むとテーブルの椅子を引いてくれた。さらに、毛布を二枚も持ってきてくれて、リナルドにかけてくれる。

彼はとても気の付く人だ。城ではファロの面倒も熱心に見ていて、とても愛情深い人なのだと思う。

「フィーノも入れ」

そう毛布を広げるが、彼は首を横に振った。

「慣れてる」

暖炉が苦手なフィーノは、昔から火を焚《た》かないのだろう。それからしばらくの間、静かに酒を飲みながら今日あった仕事の話などをしていた時だった。

「……あれ？」

「どうした？」

ふと、外を見たフィーノが慌てて窓に駆け寄り、窓を全開にした。途端に物凄《ものすご》い冷気がただでさえ寒い室内に流れ込んでくる。

「おい雪だぞ。初めて見た」

ランドリアでは雪が降ることは滅多にないが、その晩は珍しく雪になったらしい。フィーノが興奮気味に手招きした。

前世でも、滅多に見ることはなかったが、リナルドは慣れない寒さに震えていた。

「さ、寒い……寒い。窓閉めてくれ」

「お前も見ろよ。雪だぞ」

「いい、寒い」

毛布を体に巻き付けていると「情けない奴《やつ》だ」とフィーノが眉《まゆ》を寄せて笑う。

「……ありがとな」

「なにがだ？」

「寒がりなのに、いつもこんな暖炉も焚いてない寒い部屋に来てくれることだよ」

フィーノは酔っているのだろう。紅い頬をして、少し照れくさそうに目を逸《そ》らせながら言った。

リナルドが前世の記憶を取り戻したばかりの頃、フィーノはもっと厭世的《えんせいてき》で誰も近寄らせないような鬱屈《うっくつ》したオーラがあった。

だが最近は、近寄りがたい雰囲気は残しつつもどこか柔らかくなり、時折見せるこうした一面に心を乱されてしまう。その変化は、他の人間達も気づき始めているようだ。

「フィーノ、ちょっと来てくれ」

「ん？」

なんだと言いながら、とろんとした目をしてフィーノがリナルドの側《そば》にくる。毛布を巻いてぎゅっと抱きしめられた。

「これで温かくなった」

「確かに……まあ、あったかいかもな」

微《かす》かに頬を赤らめたフィーノが少し躊躇《ためら》いながらもこちらに身を預けてくれる。

「そうだろう？　冬の寒い日はよくベルとこうして暖を取ったんだ。ベルも火が苦手で、冬の部屋はこんな風に極寒だった」

その瞬間、フィーノはハッとしたように肩を揺らして、リナルドの体を押し返し、毛布の中から出ていった。

「フィーノ？」

「……俺には暑いからいい。寒いならメイドからもう一枚毛布貰って来てやる」

「いや、私は寒くないが……フィーノが寒いんじゃないのか」

「全然。それより、そろそろ眠くなってきた。部屋帰れよ。解散だ」

「このまま寝ないか？　寝室、そろそろ一緒でいいだろう？」

「一緒に寝る必要性がないだろ？　睡眠の質が下がりそうだし、必要性を感じない」

「出た、必要性」

フィーノはいつも、こちらがキスをしようとしたり抱きしめたり親愛の情を伝えようとすると「必要ない」とか「意味がない」とか「役に立たない」と言う。

「睡眠の質は下がらない。私は寝相がいいから、実質一人で寝るのと同じだ。それなのに毛布は温かくなるんだぞ。利点しかない」

「うーん……」

「それに、メイド達の負担を考えてみろ。フィーノが私と一緒に寝室で寝れば、彼女達は部屋の掃除もリネン類の洗濯も一度だけで済むんだぞ」

「それは確かにそうだな」

（勝った）

すると、フィーノは少しだけ考えてこちらを見上げて「じゃあ、一緒に寝るか？」と聞いてきた。

「そうしよう」と頷《うなず》いてベッドに入ると、フィーノもそのまますっぽりとベッドに入り込み、隣に寝転がった。

「……おやすみ」

短く就寝の挨拶《あいさつ》をしたと思ったら、フィーノはそのままこちらに背を向けてしまった。

「フィーノ……その……」

今晩、と誘おうとした途端、寝息が上がった。フィーノは光の速度で眠りの世界に旅立ってしまったのだ。

「なっ……、おいっ、フィーノ？」

「……う、ん……」

さらに、悩まし気な声と共に、腕に思い切り抱きつかれる。

(あれ？　しかもものすごく寝相が悪いな……)

ギュウッと抱きしめられ、顔に胸を埋《うず》められ、足まで絡められた。一番上のボタンを外しているため、鎖骨が目に入り、思わずゴクッと喉《のど》を鳴らした。

だがおかしい。以前、大怪我《おおけが》をして前世の記憶を取り戻したあの日、一度だけフィーノと共に一緒に寝たが、こんなに寝相は悪くなかったはずだ。

(もしかしたら寝てないのか？　寝相が悪いと見せかけて誘われてる……？)

フィーノはリナルドの前では素直じゃない。だから、寝たふりをしながら誘っているという可能性は大いにあり得る。

「フィー……ノッ」

覆い被さろうとしたところを、ブンッと右腕が振り回されて思い切り顔を殴られた。

「痛い……なんで……？」

そのまま彼は毛布を巻きつけたままグルンと後ろを向いてしまった。毛布のなくなったベッドの上で、リナルドは寒さに震えた。

「フィーノ？　私も布団に入れてくれないか？　すごく寒いんだが」

だが、フィーノから上がってくるのは確実に寝ていると分かる規則正しい寝息だけだった。これは間違っても、寝た振りをして誘っている線はなくなった。きっと前回一度だけ一緒に寝た時は、まだ気を許されていなかったに違いない。

「寝相悪すぎだろう……」

彼が寝間着として着ている長いリネンの服の尻《しり》まで捲《まく》れ上がっていて、程よく肉のついた太ももまで露《あらわ》になっている。襟ぐりも大きいので片方の肩が出そうになっているし、本当に〝あられもない〟としか表現できない姿になっていた。

（うっ……エロい……）

前世ベルミリオに対して、いわゆる肉欲のようなものはあまり抱いていなかった。彼に対して恋慕の感情はあったが神聖視していたところもあったからだと思う。だが、フィーノに対してはなぜか、最近特にそれを感じてしまう。

（なんでだ……ベルは見た目が女性的だったが……フィーノはどこからどう見ても男だぞ）

自分自身に言い聞かせるが、理由は分からない。

前世の記憶を取り戻したばかりの頃、フィーノはもっと厭世的で誰も近寄らせないような鬱屈したオーラがあった。

だが最近は、近寄りがたい雰囲気は残しつつもどこか柔らかくなり、時折見せる笑みに、劣情を乱されてしまう。その変化は、他の人間達も気づき始めているようだ。一度、パーティーに参加した時に、早速絡まれていたフィーノを見た時は、自分でも戸惑《とまど》うぐらいの怒りと焦りが湧いて、反射的にキスをしてしまった。

深く溜息《ためいき》を吐《つ》いて、もう一度フィーノの方を見てみるが、そこにあるのはやはりどこからどう見ても男性の体なのに、やはりムラムラと下半身が疼《うず》く。

覚醒時《かくせいじ》なら誘われているとしか思えないが、確実に眠っているので寝込みを襲う訳にも行かない。

（人の気も知らずにスヤスヤと……）

リナルドは仕方なく、自分の方にも残っていた僅《わず》かな毛布をフィーノの方にかけ、メイドに毛布を貰おうと廊下に出た。

「あら、リナルド様どうされました？　そんなに震えて……」

「いや、実はフィーノとやっと一緒に寝て貰えたんだが」

その瞬間、メイドは「まあついに」と声を上げて頬に手を添えた。

「毛布を取られてしまって……」

その瞬間、メイドはどこか哀れむような顔をして、「すぐにお持ちしますね」と階下へ降りて行った。

毛布が来るのを待ちながら、リナルドは溜息を吐いた。

夫夫《ふうふ》という関係だが、子供が出来る訳でもないのだから必要ないのは分かっているが、それでもはっきり彼を抱きたいと思っている。

最初は彼のことを、ベルミリオの魂を持つ者として見ていたのは事実だが、今ははっきりと別の人間だと自覚している。

その上で、フィーノに惹《ひ》かれていた。

もちろん、ベルミリオを愛している気持ちに変わりはない。これからも永遠に愛し続けるだろう。

だが、それとはまた少し異なる形で、リナルドはフィーノを愛していた。

今度こそ、もう二度と愛する人を目の前で失いたくはない。

あれ以来、四六時中フィーノから決して目を離さないようにしているからか、危険な目には遭っていない。

あの時、誰がどういう目的でリナルドの名を騙《かた》りフィーノを襲ったのかは分からない。

だがそれ以上にリナルドには、一つ気になっていることがあった。

火事の現場に残されていた火魔法の魔方陣。その魔法紋はレグルスの魔法紋によく似ていたことが
どうしても気がかりで、不安だった。

やがて、メイドがパタパタと毛布を三枚も持って来てくれた。

「ありがとう」

「いいえ。あと……こちらいかが致しましょうか？」

「これは？」

僅かに褐色に汚れた、騎士の服だ。腹の部分が破けているのを、繕い直されている。「事故に遭わ

れた日に、お召しになっていた服です。綺麗《きれい》に血の痕《あと》を落とし、縫い直しましたが……処分した方がよろしいでしょうか。ロッシ様は一命を取り留められた縁起物だから、取っておきなさいと」

困ったように渡された服を受け取ると、リナルドは笑って言った。

「ありがとう。貰《もら》っておくよ。せっかくだし」

そう言うと、少し嬉《うれ》しそうにメイドは笑って、階下へと戻って行った。念のため何か残っていないか確認する。この日を境に、自分はゼノスの記憶を取り戻したのだから。ポケットの中に手を入れてみても何もなかったが、服の内側に縫い付けられたそれが目に入った。

「な、なんだ？　これ……」

見たことのない模様をした何かが、腹部の生地の内側に縫い付けられていた。それは、転落時に腹を突き破った時に、大部分を破られたのだろう。ほとんど見えない、何かの模様のようだった。

あの日、リナルドは目が覚めた時、必死に死にゆく自分に治癒魔法をかけ続けた。あれだけ酷い傷だったが、重要な血管は傷付けていなかったようだ。何かのまじないか、それとも魔法紋だろうか。しばらくの間眺めていたが、ついにその正体は分からなかった。

■5章─③

プリディーヴァが近づき春めいてきた。

休前日の城はどこか浮足立っている。フィーノは仕事を終えた後にファロの読み書きの進捗《しんちょく》を見てやろうとしたのだが、なぜか彼の姿が見当たらない。

「フィーノ？　どうした？」

「……ファロがいないんだ」

「もしかして、俺のせいか……」

「かもしれない」

あれ以来も、ファロはリナルドが現れるとそそくさと姿を消してしまう。

無害だと分かれば心を開いてくれるかと思ったのにと悲し気に肩を落とす。シュンとしたリナルドを、フィーノは慰めるようにして背中をポンと叩《たた》いた。

「そのうち分かるだろ。お前はどこからどう見ても無害だからな」

それでもしょんぼりしている彼にフィーノは「パーッと飲もう」と励ました。

ここ最近、休前日の夜、フィーノはリナルドと共に町の酒場に行くようになっていた。コヴェリ宅のパーティーで聞き込みした時、酒場でジルドを見たという目撃情報があったからだ。

町中の色々な酒場を巡り、ジルドの目撃情報がないかどうかを聞いて回るだけだが、謝礼金を出すと言えば喜んで皆寄ってくる。

あまりいい身なりをしていると目立つので、出来るだけ庶民に見える格好で出かけていた。

調査目的とはいえ、色々な酒場を巡るのは少し楽しみにもなっていた。屋敷で飲む高級な酒とは違い、気軽に飲める上、皆気取らず気さくに話しかけてくれる。

ベルミリオは、よくこういう酒場で大酒を飲んでいたらしく、リナルドはとても懐かしそうにしていた。

「そういえば、もうすぐプリディヴァだな！　兄ちゃんたちは色男だから毎年たくさん刺繍《ししゅう》を貰ってるんだろう」

同じテーブルになった男が気持ちよさそうに酔いながら上機嫌にそう尋ねてきた。

その話にフィーノはドキッとした。リナルドに、実は密《ひそ》かに刺繍の用意をしていたからだ。出来れば、当日に渡してサプライズをしたい。

きっと犬のように大喜びをして飛びついてくるだろうと予想しており、そのためにもこの酔っ払いが余計なことを言ってバレる流れにならなければいいと思った。

「なあ、今まで何枚貰ったんだ？」

「いや、俺は……」

貰ったことなんかないと言おうとした時、リナルドが言った。

「一枚だけだな」

「……え？」

「大昔に、一枚だけもらった」

どこか懐かしむような声に、フィーノは目を見開いた。

（なんだ、ベルから貰ってたのか……）

本当に貰いたい人から、貰えずに離れ離れになってしまったのだとばかり思っていた。


それから散々安酒を飲みながら聞き込みをした後に、馬車を拾って帰ろうとしたが、フィーノはふと、酔っぱらった様子でリナルドに聞いた。

「なあ、一枚だけ貰ったってベル？」

「ああ。最後のプリディーヴァの日にな。魔法をかけた瓶に入れて土に埋めていたが、この間掘り返してみたら千年経《た》っても綺麗なもんだった」

そう言いながらリナルドはポケットから少し汚れたハンカチを取り出した。そこには、かなり下手《へた》くそな鳥が刺されている。

（俺よりひどい布目……）

だがそれを、リナルドは何よりも大切そうにしまい込んだ。それを見て、フィーノは微《かす》かに眉根《まゆね》を寄せて微笑《ほほえ》んだ。

（まあ、貰えてたんなら良かった）

――そんな出来の悪いものを貰って喜ぶとでも思ったか？

そう言われた過去を思い出すと、あんなにも大切そうにしているリナルドを見て、ベルミリオが羨《うらや》ましくて仕方がなくて、胸がズキズキと痛む。


春とはいえ夜風は冷たい。なかなか辻《つじ》馬車を拾えずにいたが、フィーノはふと、リナルドに問いかけた。

「なあ、魔法使いって、やっぱり空とか飛べんのか？」

「ああもちろん。風魔法で飛べるぞ。一回やったことあるだろう」

そういえば一度、灯台の上から落ちかけた時に、リナルドに助けてもらい、ふわふわと浮かんだ。

あの時は混乱でいっぱいいっぱいだったからあまりよく覚えていない。

するとリナルドが少し得意気に言った。

「馬車を使わないでそのまま飛んで帰ってみるか？」

「……出来るのか？」

「出来る。私は魔法使いだぞ」

魔法を誰かに見られるのはまずいが、もう夜も遅く空も暗い。「じゃあ……」と少しドキドキしながらもほろ酔い気分で頼もうとした時、不意にふわりと体が浮き、そのまま物凄《ものすご》い勢いで空に上がった。

「うわああっ、ちょっ、待て怖いっ、怖い!!」

突然のことに酔いが醒《さ》めそうになり、

「これぐらいの高さまでくれば、人間が飛んでるとバレないだろう」

確かにそうかもしれないが、足が竦《すく》む。情けなくもしがみつく体勢になると、リナルドは抱きしめる腕に力を込めた。

「大丈夫だ。絶対に落とさないから。それよりほら、見てみろ」

「うわ……」

もう夜も遅いので町明かりもまばらだが、それでも王都周辺はキラキラと輝いている。

その美しさに、息を飲んだ。

リナルドは色々な場所に連れだしてくれたが、こんな光景が見られるのはきっと、このランドリア中を探しても自分達だけだろう。そう思い、フィーノは興奮に瞳《ひとみ》を輝かせながらリナルドの顔を見た。

「魔法使いを旦那《だんな》に持つと、こんな景色まで見られるんだな」

そう笑うと、リナルドは微かに目を細めてフィーノにキスをした。

（え、なんで……）

あのパーティーの時のは、酔っていたからじゃないのか。どうしてこんなことをするのだろう。ベルミリオの魂は持っていても、フィーノは見た目も何もかも全くの別人なのに。そのキスは角度を変えて何度か繰り返され、そのうちに急に舌が入ってきたので、驚いて噛《か》んでしまった。

「痛っ」

その瞬間、魔法が切れたのかほんの数秒ほど急降下した。

「うわあああっ」

死ぬかと思い、悲鳴を上げると、慌てた様子でリナルドが魔法をかけ直して安定した。

「なっ、何やってんだ！」

「だって、フィーノが舌噛むから」

「お前が急に舌突っ込んできたからだろ！　なんであんなことしたんだよ」

理解が出来ずに声を震わせると、リナルドは「ごめん」と謝った。

「危ないからちゃんと集中しろ」

「す、すまん……」

びっくりしたと、フィーノは心臓を押さえた。落下したことにドキドキしたのか、舌を入れられたことにドキドキしたのかは分からない。だが、ドキドキというよりはただ、胸が痛かった。


しばらくの間、風魔法で王都を旋回した後に、リナルドは屋敷へ戻り、寝室の窓辺に降り立った。

フィーノはまだ酔いの残る火照《ほて》った体でベッドに倒れ込むと、「あーすごく楽しかった」と笑った。

先ほどのキスに対する戸惑《とまど》いがあり、気まずい雰囲気が流れる中、フィーノはその雰囲気をなんとか壊そうと、努《つと》めていつも通りにリナルドに聞いた。

「明日は休みだし、酒でも飲むか？」

そうして酒を取りに行こうと体を起こそうとした時、不意にそれを押しとどめるように、リナルドが覆い被さってきた。

「フィーノ」

「？」

珍しく緊張した面持ちに、首を傾《かし》げると、リナルドが真剣な声で言った。

「……あのな、私はお前と、名実共に夫夫《ふうふ》として愛し合いたいと思ってる」

「……な、なんだ。名実共にって」

見上げると、リナルドは大きく息を吸った後にフィーノの顔の横に両手を突いて言った。

「抱きたい」

端的に告げられた言葉にフィーノはほんの一瞬ポカンとした後に真っ赤になった。

「……酔ってんのか？」

「フィーノほどは酔ってない」

「俺はベルじゃないぞ」

「何言ってるんだ。そんなこと百も承知だ」

「全然承知してないだろ。冷静になってよく見てみろよホラ」

フィーノは混乱しながら、思い切り胸元を開けた。胸筋のほんの僅《わず》かな膨らみだけの平らな胸を露《あらわ》にする。

色白という訳でもなければ、華奢《きゃしゃ》という訳でも美しくもない体だ。何より顔だって彼の愛するベルミリオとは大違いだろう。

だがリナルドが、それでも熱っぽい目で見てくるので、フィーノは鼓動が早鐘を打つのを感じた。

「フィーノは嫌か？　私と触れ合うことが」

「嫌……では、ない、けど……」

歯切れ悪くそう口にする。

抱きたいなんて、本気なのだろうか。だが、嫌ではない。むしろ、もっと触れて欲しいと思う。

（リナルドが……好きだから……）

リナルドの手が伸ばされ、フィーノの体に触れる。

だがその時ふと、先ほどリナルドが、同じ手でベルミリオから貰《もら》ったハンカチに大切そうに触れていたのを思い出してハッとした。

彼が今心の中で触れたいと思っているのは、一体誰の体なのだろう。

「ま、待て！」

反射的に突き飛ばすと、フィーノは、慌てながら服の前を合わせた。

「フィーノ？」

「名実ともにって……そんなの、必要ないだろ？　別に子供が生まれる訳でもないし……」

「必要なくても、したいんだ。フィーノ」

切実に懇願するように言うリナルドの目に、嘘《うそ》はない。

だがフィーノはひとつ大きく息を吸って言った。

「……俺はしたくない。そんなこと、俺達の関係に必要ない」

リナルドにしてみれば、千年思い続けた相手が、たとえ全くの別人の体になってしまったとしても、今世こそは愛し合い、繋《つな》がりたいと思うのだろう。もし自分が、彼をただ、家族として大切に思っていたら、その願いを叶《かな》えてあげたいと思ったのかもしれない。だが、今はもう無理だ。

フィーノはリナルドのことが好きだった。

彼と結婚した時は、共に人生を歩む家族から疎まれ続けるのが苦しくて、ただの友達のような関係でいいから、上手《うま》くやっていきたいと思っていた。そしてあの事故で、彼が全くの別人になり、ようやく穏やかな夫夫関係を築けるようになった時は、心の底から安堵《あんど》した。

自分という人間を尊重してくれさえすれば、リナルドの心の中にいる人が、たとえ全くの別人でも構わないと思っていた。だが、今は違う。とてもそうは思えない。

家族愛の好きでも、友情の好きでもない、自分だけを見て欲しいという、独占欲を含んだ愛だ。

だから、彼の心の中にベルミリオがいるのに抱かれるのは、まるで体を引き裂かれるように辛《つら》いことだった。一つの体に、二つの魂は宿せないのに、どうして自分の中には二人いるのだろう。

リナルドに自分だけを見て欲しくて、そうはならないことがひどく、苦しかった。

■5章――④

翌日は、よりによって休日だった。朝食の場はひどく気まずい雰囲気に包まれている。

――抱きたい。

あれだけ切実に頼まれたのに、拒絶してしまった。だが、どうしてもそればかりは受け入れられそうにない。この先も、リナルドとは一緒に暮らしていくのに、一体どうしたらいいのだろう。俯《うつむ》きながら、拳《こぶし》に力を込める。

「フィーノ様」

給仕係が困ったように口を開いた。

「なんだ？」

「パンが潰《つぶ》れております」

拳を握りしめるのと一緒に手にしていたパンが握り潰され、ひしゃげていた。

「え？　あ、ああ……すまん」

無惨な姿になったそれをそのまま口に放り込み、丸のみにしながら、上の空で咀嚼《そしゃく》しているとリナルドが真剣な表情で言った。

「フィーノ……」

名前を呼ばれただけで、思わず喉《のど》を詰まらせそうになる。

「決して無理強いはしないと約束する。ただ忘れないでくれ。私がフィーノを抱きたいと、本気で思っていることを」

「……」

その時、少し困惑した様子のロッシが顔を出した。

「あのう……見慣れない妙な男が、旦那様方に用があると言って来ているんですが、追い返しましょうか？」

「妙な男？」

「ジルドという人物について知っていると」

「！　通してくれ」

現れたのは中年の、少し薄汚れた格好をした男だった。ロッシはこの屋敷にそぐわない客人に顔を顰《しか》めていたが、主人の言いつけ通り客人として応接室へ通した。

男はしばらくソファの座り心地に驚いていたが、フィーノがジルドについて話を促すと、ようやく語り出した。

「俺が見たのは去年の春頃だったかなぁ。ミリア地区の近くにあるちょっと小汚い酒場。あそこに密売人とかが悪い話に使う用の秘密の個室があるんだよ。そこに何人かで入っていくのを見たぞ」

「どんな者達と一緒にいた？」

「いやー、フードを被ってたからなぁ。一人はよく見えなかったが、もう一人は……」

そこで男は、リナルドの方を見て「あっ」と思い出したように指差した。

「そ、そう！　この顔！」

「え、わ、私？」

「ああ。間違いない」

男が確信をもって頷《うなず》くので思わず顔を見合わせた。だが、嘘を言っている風でもなかった。

男はそれ以上の情報は持っていなかったようで謝礼を受け取ってそのまま帰っていったが、残された二人の間には困惑が生じていた。

「どういう、ことなんだ？」

「去年ということは、……私が私になる前の？」

そう話していた時に、再びロッシがまたまた困ったような顔で応接間に顔を出す。

「すみません、またも汚い風貌《ふうぼう》の男が現れたのですが……お通ししてよろしいでしょうか」

また、ジルドに関する追加の情報だろうか。そう思いながら、「通してくれ」と言うと、先ほどの男よりもさらに汚い身なりで、、今度は若く背の高い男が現れた。

だが、目深に被ったフードを取ったその顔を見て、フィーノは絶句した。

「あ、アベレート王子!?　な、何をなさっているんですか！　こんなところに供も連れずに」

「しっ、〝王子〟って言わない！　……アベルでいいよ。休日に押しかけてごめんね。……どうしても〝個人〟として話したいことがあって」

ボロを着て現れた王子を、使用人達は誰もまさか王子とは思っていないようだ。メイドに耳打ちし、最上級の紅茶を運ぶように頼むとしばらくして用意されたそれを、アベレートは一口飲んだ。

「おっ、いい茶葉使ってるねえ」

「……それでその、どうなさいましたか？」

いくら王位継承の序列が低いとはいえ、王族の中でも国民からの人気は一番で、注目を浴びているのは確実。

そんな目立つ彼が、供も連れずにふらりとひとりで訪れるなんて、信じられない。そう思っていると、王子はどこから話したものかというように切り出した。

「まず、君たちも、以前から兄さん……、ジュリアーノ第一王子を差し置いて俺を次期国王にと望む声が大きいのは知っているよね？」

「は、はい」

「そのことで、おかしな動きがないか、ずっと探っていたんだけど……」

「おかしな動き？」

「ああ。第一王子や他の王位継承権を持つ王子達を廃して、無理やり俺に王位を継がせようっていう動き」

物騒な話に、思わず息を飲んだ。そういう声があることは知っている。だからこそ、逆の勢力からアベレートもまた命を狙われている。

彼はそこから少しの間紅茶を飲んだり、手を組み替えたりしながらしばらく逡巡《しゅんじゅん》していたが、やがて顔を上げると思い切ったように話し出した。

「実は随分前に、リナルドにその嫌疑がかかっていたんだ」

「……え？」

「申し訳ないんだけど、私がこの国に戻ってきてからしばらく、密偵を使って君の動きをずっと見張らせて貰っていた。……結果として、〝今のお前〟は白だと思ってる」

――リナルドに……、不審な事はないね？

アベレートに以前、そう聞かれたことを思い出した。あの時は、どうしてそんなことを聞くのだろうと不思議に思っていたが、嫌疑についてのことだったのか。

「当たり前だ。私にそんな企《たくら》みはないぞ」

リナルドは腕を組んで頷いた。

「だが、今のお前はあの事故で記憶を失くしているだろ？　それ以前に、計画に関与していた可能性がある。計画がまだ続いているとしたら、お前以外にもメンバーがいるということになるんだ」

フィーノは真っ青になった。万が一にも本当にクーデターに関わっていたとなったら、リナルドの処刑は免れない。

「クーデターにしてはちょっとおかしいんだよ」

「おかしい？」

「知っての通り俺の母の身分は低く、王位継承権の順番も低い。他の王位継承者を全員廃そうなんて思ったら、かなりの武力が必要となる。騎士団の中で、もっと派手な動きが起こっていいはずなんだが……不思議なほどにそれがない」

アベレートはそうして、真剣な表情でこちらを見た。

「……どんな些細《ささい》なことでもいいんだ。何か知っていることはないか？　身の回りで、不審な人物が尋ねてきたとか、接触されたとか」

フィーノはそこで、ジルドのことを話した。前任の書庫管理が行方不明になっていること。そして〝リナルド〟の名を騙《かた》る何者かが雇った者達に命を狙われそうになったこと。

そしてジルドが、去年、酒場でリナルドと共に密談していたということ。

こうして話してみると、一つ一つのことが、何か最悪のことに繋がっているような気がして、鼓動が嫌な音を立てる。

「……そんな目に遭っていたとは……分かった。ジルドについては俺の方でも調べてみるよ。リナルド自身はなんか知らない？」

するとリナルドは、「クーデターか……」と呟《つぶや》き、いつになく真剣な顔をして口を開いた。

「アベレートは、かつて古代シュレナ帝国のプリディーヴァの時に起きた、王太子による王室殺害事件を知っているか？」

「もちろん。第一王子が弟達を殺して最後に自殺した事件だろ？　第四王子が助かったから良かったようなものの、そうじゃなかったら王朝は滅んでいた。物語上では、第一王子は悪の魔法使いのレグルスに心を操られたことになっているが……」

「もしその物語が真実で、魔法が本当に存在していたらどうだろう」

「魔法が？」

「古代シュレナの時代なら、魔法は身近だった。第一王子の無実もレグルスの魔法も証明できたが、現代において同じ事件が起きたら？　普通、王位継承者が次々に惨殺されたら、生き残った王子の周辺が犯人として疑われる。だが、第一王子自らが悪意によって操られ、衆人環視の中で自分以外の王位継承者を殺し、最後に自分も自殺をしたら……乱心の末の惨劇と片付けられてしまう。そして、唯一生き残った第二王子が自動的に王位に就く」

「そうなったら、犯人の罪を立証することは極めて難しいが……現実にはあり得ない。現代に魔法はないからな」

するとリナルドは、ここからが本題とばかりにメイドに紙を持ってこさせた。

「夏に文書室で火事があっただろう。あの時の現場に小さな魔方陣が残っていた」

そうしてリナルドは持ってこさせた紙を手繰り寄せると、ささっとペンで魔方陣のようなものを書き、トンッと押した。

瞬間、その魔方陣が光りを放つ。アベレートはそれにひどく驚き、瞬きを繰り返した。

「ちょっ、待て。な、なんだ？　今の」

「魔方陣には魔法紋というものがあって、魔法使いによってその癖が出る。指紋みたいに、術者を特定できることもあるんだが……火事の現場に残っていた魔方陣は、レグルスの魔法紋によく似ていた」

「は……？　君は一体、何者だ？」

アベレートが、ひりついた声で問いかけるが、リナルドはそれには応えなかった。

「でも、レグルスは千年前に死んだんだろ？」

フィーノの言葉に、リナルドは頷いた。

「だがあいつは魂に干渉する魔法が使える。〝地下書庫に出る古代シュレナ人の悪霊〟というのが、もしレグルスの魂だとしたら……。器があれば、復活出来る」

「器？」

「たとえば地下で誰かが死に、あるいは殺されて魂が離れた時に、その体を奪えるということだ」

フィーノはそこで、書庫で見た、腹から血を流したジルドの亡霊を思い出してハッとした。

——お前も殺されるぞ。

あれは警告だったのだろうか。

アベレートはしばらくの間押し黙っていたが、やがて彼は気分を落ち着かせるように紅茶を一口含むと、一つ大きく息を吸った。

そして、机の上に残る水の跡《あと》を見つめながら「俺は魔法だの幽霊だの非現実的な物は信じないけれど」と前置きした上で静かに話し始めた。

「フィーノ、クーデターが起きるのってどんな時だと思う？」

「不満が頂点に達した時でしょうか？」

「それは違う。一揆《いっき》みたいなのはそうかもしれないけど、個人でやるクーデターはどんなに不満が溜《た》まってもリスクがありすぎる。失敗する可能性が高く、その先の未来も見えにくい。だから、それが起きるのは不満が頂点に達した時に加えて、〝あ、やれる〟となった時だ」

「………」

「普通にクーデターを起こそうとしたところで、大抵は露見して捕まって処刑されるだけだ。だが、もしこの世界において〝魔法〟という圧倒的な力を持った人がいたら……〝あ、やれる〟となるだろうな」

しばらくの間沈黙が落ちたが、フィーノはそれを破るようにアベレートに向かって問いかけた。

「事故以前のリナルドが本当に関与していたら……その……処遇はどうなりますか」

「もし、クーデターが起こってしまい、私達以外の人間に一人でもそれが知られたら、どんな状況下であれ犯人を罪に問わない訳にはいかない。だから未然に防ぎたい。……ただもし、未然に防ぐことに協力してくれて、本当に未然のまま終われれば、リナルドの関与に関しては否認する」

「！」

「このクーデターは、途中で止められたとしても、起こってしまったら終わりなんだ。俺と兄さんの信頼関係に修復できない大きな亀裂が生じてしまう。だから、絶対に起こさせてはならないんだ」

「他に嫌疑のかかっている者はいないんですか」

「名前の分かっているのは他にはまだいない。……ただ、リナルドのかつての交友関係として、ミカエルを疑っている。もし彼もその一員なら、あの日俺の帰還の護衛についていたときのリナルドの不自然な事故も……もしかしたら、と思うよ」

「……え？」

「雨でぬかるんでもいない道で、山岳に慣れていたリナルドが落馬というのは、不自然だと思ってたんだ。もし、リナルドに嫌疑がかかっていることを知って、そこから足がつくのを恐れて始末しようとしたのだとしたら、納得できる。あの日、ミカエルもリナルドと一緒の行軍で護衛についていたからな。それに、幼い頃から両親と共に慈善活動をしてきたセラフィーノ家のミカエルなら、王家の現状に強い不満を持っていてもおかしくない」

リナルドは、さらさらと紙に何かを書くと、アベレートに渡した。

「もし、過去の事件になぞらえるならプリディーヴァが危ない。アベレートの密偵とやらでこんな模様の魔方陣が、当日使われる建物のどこかに描かれていないか調べてくれないか？」

アベレートが帰った後も、フィーノはしばらくの間呆然《ぼうぜん》としていたが、ふと横を見ると、リナルドが真っ青な顔で俯《うつむ》いていた。

「……リナルド？」

「フィーノ、ランドリアの極刑ってどんななんだ？」

「八つ裂きか磔《はりつけ》の末に投石か火あぶりか……処刑は民衆の娯楽だから派手にやるぞ。特に貴族の処刑はすごい」

「いやだっ！　古代シュレナ時代よりもえげつなく進化してる」

頭を抱えるリナルドに、フィーノは状況も忘れて笑ってしまった。先ほどアベレートの前では落ち着いた様子だったが、彼自身が一番動揺していたようだ。

フィーノはリナルドの肩を叩《たた》いて言った。

「安心しろ。絶対そんなことにはさせない。未然に阻止すればいいんだろ」

「フィーノ……」

「それに……。それにもし、どうしても罪に問われることになったら、一緒に世界中どこまでも逃げてやるから」

それは咄嗟《とっさ》に、口から滑り落ちた言葉で、言った後に自分自身でも驚いた。長い間ずっと、この国で築き上げてきた立場を失うことを恐れてきたのに。

マリアが言っていた言葉を思い出す。

――愛は最強なんですよ。

愛なんて、役に立たない感情だと思っていたけれど今、ふとそう思った。一番強いものなのかもしれない。リナルドと一緒なら、今まで必死に縋《すが》りついてきた立場を全部捨ててもいいと思える。たとえ彼が誰を愛していようとも、自分がリナルドを愛していることに変わりはない。

「フィーノ……ッ!!」

飛びつくように抱きしめられ、キスをされそうになるとフィーノはそれを必死に押し返した。

■5章―⑤

翌朝、フィーノは早くから目を覚ましていた。

プリディーヴァまでは、あと一週間。それまでに、この一連の事件が本当に起きるのか証拠を掴《つか》み、絶対に阻止しなければならない。

「とにかく、怪しい魔方陣が仕掛けられていないか仕事の合間に城内をくまなく探そう」

そうリナルドと約束して馬車に向かおうとして、フィーノはふと足を止めた。

「すまん、ちょっと待っててくれ」

「忘れ物か？　珍しいな」

「ああ。先週ファロに頼まれてた書き取りの添削をな」

そうして彼が毎日持ってくるノートを手に、リナルドと共に馬車に乗り込む。城に向けて馬車が出発すると、フィーノはリナルドに、ファロの書き取り帳を見せた。

「ほら、見ろ。ファロの奴《やつ》、随分上手に書けるようになってきててさ。……リナルド？」

黙り込んだリナルドに、首を傾《かし》げると、彼は深刻な表情でフィーノを見た。

「もし過去の私が、第一王子暗殺のクーデターに関わっている可能性があるなら……ファロを今すぐに保護した方がいい」

「どういうことだ？」

「ファロは私を見てやけに怯《おび》えていた。子供ゆえの人見知りかと思ったが、もしかしたら、以前から私と関わりがあったのかもしれない」

「リナルドと？」

城の小間使いと、騎士団の副団長がどういう関わりがあるというのだろう。するとリナルドはひどく苦々しい顔で言った。

「口が利けない、文字も読めない、書けないというなら、内密な手紙のやりとりの際の媒体にこれ以上ない適役だ。情報が洩《も》れようがないからな」

その言葉の意味を飲み込んだ時、フィーノは全身から血の気が引くのを感じた。

視線を落とすと、ノートには、ファロが書いた文字が書かれていた。

（じゃあ、書けるようになったら……）

文字を教えたら、ファロは保護者を明かしてくれると思っていた。だが、ファロは文字を書けるようになっても決してその保護者を明かそうとはしなかった。だから未《いま》だに、彼の保護者が誰なのかは分かっていない。だが、セラフィーノ家は慈善活動家として有名であり、孤児の保護をしている。もしミカエルが保護者だとしたら。わざと読み書きを教えずに、育てた可能性がある。計画に役立てるために。

リナルドがもしあの日、本当に口封じに殺されたのだとしたら、ファロも危ない。

そしてファロは、先週の休前日から姿が見えなかった。

ドッドッと激しい鼓動が耳に響き、緊張で冷や汗が流れ出る。城内を必死に探して回るが、どこにもファロはいない。

リナルドと共に、ファロの特徴を伝えながら他の小間使いや下男たちに聞いて回るが、行方を知るものが誰もいない。

すると、荷物の運び込みをしていた下男の一人が心当たりがあるというようにこちらに寄ってきた。

「銀髪の口の利けない子？　ああ、その子なら先週、馬車の事故で亡くなったって聞いたよ。もう共同墓地に埋められたと思うぜ」

「……馬車の事故？」

「ああ。この辺りは車通りが多いから子供の事故も多いんだよ。可哀相《かわいそう》になぁ」

しばらくの間呆然としていたが、やがてフィーノは男に摑みかかった。

「事故な訳があるか！　轢《ひ》き殺《ころ》されたんだろう！」

「なっ、なんだよ……そんなの俺に言われたって困るよ」

なんなんだ一体とぼやきながら男は仕事に戻っていく。そのまま、ガクッと足から力が抜けてその場にへたり込んだ。

「いやだ……っ、嘘《うそ》だ、俺のせいだ……っ！　俺が字なんて教えたから……」

「フィーノ！　落ち着け。まだファロと決まった訳じゃない。大勢の子供が、この城では小間使いとして働いてるんだ」

（でも、口の利けない子供なんて、ファロしかいない）

全身が瘧《おこり》のように震えるのをリナルドが抱きしめて宥《なだ》め、「きっと無事だから」と励ました。

だが、それから城中のどこをどう探してもファロは見つからなかった。夜になり、一人残っているときに何時《いつ》も聞く「コトッ」と飲み物を置く音が聞こえてこず、涙が零《こぼ》れる。

「フィーノ、今日は帰ろう。明日ひょっこり、見つかるかもしれないから」

力なく頷《うなず》き、帰ろうとして自席の机の引き出しを開けた時、フィーノは目を見開いた。

その中にフィーノがかつて残業代としてあげたはずの缶が入っていたからだ。驚いて中を開くと、そこには数枚の紙が入っていた。

『じを　おしえてくれてありがとう。これで　やっとやくにたてる』

『ふぃーのさんと　いっしょのひと　わるいひとたち。おねがい　とめて』

『あいことば　おおかみになれた　おおかみはかられた』

「あれは合言葉……だったのか」

リナルドは何か心当たりがあるのか、ハッとして目を見開いている。

缶の中には、他にも何度も「ファロ」という自分の名前を練習した書き取りの紙があった。フィーノが付けた名前を、彼なりに気に入ってくれたのだろうか。

それを見て、ポタリポタリと涙が滴り落ちる。

「役になんて、立たなくていいから……っ、生きててくれよ……っ、俺はそんなことの、そんなことのために……っ、字を教えたんじゃないのに……」

堪《こら》えきれずに声を震わせると、リナルドがそっと抱きしめてきた。思わずその胸に顔を埋《うず》めてしまった。

「大丈夫だ。きっと生きてる……私が探し出すから」

■5章――⑥

プリディーヴァの当日。

この一週間、王室行事で使われそうな城内のあらゆる場所をくまなく探しているが、魔方陣は見つからなかった。アベレートの密偵の方でも、見つからなかったらしい。

プリディーヴァになぞらえるのではと予想していたが、もしかしたら違う機会に行われるのかもしれない。

ミカエルの動向は、アベレートの密偵が見張っているらしいが、今のところ、怪しい動きはないと言う。

「フィーノ。少し町を回ってみないか？　何か分かるかもしれないし」

ファロが行方不明になってからずっとふさぎ込んでいるフィーノに、リナルドが声をかけてくれ、外へと連れ出してくれた。

町の至るところで賑《にぎ》やかな声が溢《あふ》れ、祝砲が鳴っている。

「ああ」

プリディーヴァの祭りを見て回るのは、生まれて初めてのことだった。学生時代はずっと勉強していたし、それ以降は仕事漬けだった。

町のあちこちに花が咲き乱れているのを、新鮮な気持ちで見つめていた。

「うわ、こんなにきれいなんだなぁ」

「シュレナの時代よりずっと進化してるが、もう少し控え目な飾りの方が好みだな」

「そういうもんか？」

いずれにしろ、古代から千年も続く祭りがあるというのはすごいことだ。

フィーノは、ポケットに忍ばせた刺繡《ししゅう》入りのハンカチに無意識に触れる。ベルミリオから貰《もら》えていたのなら、もう自分が渡す必要もないかと思っていたが、せっかく完成しているものを捨てるのも忍びなく持ってきてしまっていた。だが、もうそれどころでもないし、結局渡せそうにもない。

「ベルとも参加したのか？　プリディーヴァ」

「ん？　ああ、毎年参加してたぞ。大道芸だのなんだの、あちこち振り回された」

「へー……」

「だが、ランドリアの祭りは初めてだから、案内してくれないか？」

「……いや、実は俺も初めてなんだ」

するとリナルドはひどく驚いた顔をした。確かに、この国に生まれてこの祭りに参加したことがないというのは、自分ぐらいかもしれない。

「ベルと巡ったところを案内してくれよ。ほら、なんか俺も前世の記憶を思い出すかもしれないだろ」

いつものようにそう言うと、リナルドは少し考えてから首を横に振った。

「フィーノが初めてなら、フィーノの行きたいところに行こう。私が分かる場所なら、いくらでも案内するから」

その言葉が嬉《うれ》しくて、フィーノは微《かす》かに瞳《ひとみ》を揺らした。


それからしばらくの間、フィーノはリナルドと色々な場所を見て回った。リナルドと巡る初めてのプリディーヴァは、とても賑やかで、華やかで楽しかった。

「あれ美味《うま》そうだ」

出店で売られている肉入りのパンを購入すると、店主から一枚の小さな紙を渡された。

「なんだ?」

変な模様にしか見えないそれに首を傾げていると、リナルドが得意げに解説してくれる。

「おお、これはランドリアでも続いてる風習なんだなぁ」

「なんだ?」

「プリディーヴァに参加している店で買い物をする度に、一枚もらえるんだ。この紙片を四枚集めると一つの絵になる。その絵を交換所に持っていくと、景品と交換してもらえる。ほらこれで二枚」

リナルドが自分の分の紙片とフィーノの紙片を合わせると、一枚の模様が出来上がった。

「へー、じゃあ残りも頑張って集めてみるか」

そう言い合っていた時、前から来る男の青白い顔に、フィーノはハッと足を止めた。

「フィーノ？　どうした？」

「……ジルドだ」

震える声で囁《ささや》き、目の前から歩いてくるフードを被った男をちらりと見やる。

「ジルド！」

そう言って駆け寄ろうとするのを、リナルドが制す。

「あの魂の色、間違いない。レグルスだ。ジルドの体を乗っ取ったんだ」

「なっ……」

そっとジルドの後を追ったが、祭りの人混みは凄《すさ》まじく、すぐに人波に攫《さら》われてしまった。

「……やはり今日を狙ってきたか。だとしたらどこかに、魔方陣が隠されているはずなんだが……」

フィーノは、今日の祭事で王室行事に使われる場所を思い出した。バルコニー、王の間、謁見の間、宣誓の間、たくさんの儀典が予定されているが、どこも全てくまなく調べ尽くしている。その時ふと、フィーノは手の中にある、紙片が目に入った。四つ組み合わせると、一つの絵になる。

「なあ、夏に文書室で起きた火事で、燃えた書類ってなんだったっけ」

「報告書の一部と、あと儀典に使われたドレスや家具の図案だった……それがどうかしたか？」

燃やされたものは、大したものではなかったと思っていた。

だからあの火事の目的は、自分の命を狙うために火が点《つ》けられたのかとも思ったけれど、そうではなくて、本当はあの中に燃やしたいものがあったとするなら、それが燃やされた理由はなんだろう。

「……なあリナルド、頼みがある。風魔法で、空を飛びたい」

リナルドはその意図を図りかねた様子だったが、フィーノの深刻な顔を見ると頷いた。

「もちろんだ」

フィーノは城に戻ると、〝王の間〟と呼ばれる聖堂の前で、リナルドに風魔法を使ってもらい上空に上がった。一瞬で地上を離れると祭りの喧騒《けんそう》が急速に離れていく。

「それで、どこに行きたいんだ？」

「あの聖堂の窓のとこに下ろしてくれるか？」

格子戸が嵌《は》められていて、中には入れないが、覗《のぞ》き込《こ》むことは出来る。

「……これは……」

リナルドが、息を飲んだ。玉座の周りに敷かれた九枚の巨大な絨毯《じゅうたん》の柄。それが繋《つな》がり、巨大な魔方陣の形になっている。

「やっぱり本来予定されていた絨毯の並べ方と違う。あの事故以前……ずっと、リナルドに言われてたんだ。式典の装飾には必ずアドルナート家の品を使うように融通しろって。家の威信に関わるからだと思ってたんだが……」

フィーノはリナルドから、アドルナート家の絨毯やタペストリーを祭事で使うように頼まれ、その図案をずっと管理していた。

自分が命を狙われたのは、このためだったのかもしれない。

慌ててアベレート王子の元に走ると彼は深刻な顔をして小声で言った。

「ミカエルが数名の部下と共に姿を消した」

王の間での儀式はもう間もなく始まる。

もし本当に、王位継承者を魔法で殺害するつもりならば、レグルス達は、魔法を放つタイミングを計れる場所にいるはずだが、一体どこにいるのだろう。

「聖堂へ繋《つな》がる部屋は他にないか？　隠し部屋のようなものが」

「あるにはあるが全て探した」

「地下はどうだ。元々この城は、古代シュレナの城の遺跡の上に建っているんだろう」

するとアベレートがハッとした。

「子供の頃、兄さんに〝秘密基地〟を教えて貰《もら》ったことがある。王族に何かあった時用の有事の避難通路だが、奥にはしばらく身を隠せるような部屋もある。あの部屋はおそらく、聖堂の真下に位置しているはずだ。すぐに密偵を向かわせて……」

リナルドが遮るように首を横に振る。

「相手は魔法を使う。剣では太刀打《たちう》ちできず殺されてしまう。……私が一人でそこへ行こう」

その言葉に、フィーノはハッとして思わず首を横に振った。

「危険すぎる。俺も一緒に行く」

「フィーノはここで待っていてくれ。もし本当に何かが起きようとしていたら、私が絶対に止めてみせる。それに……レグルスはあいつはベルの仇《かたき》だ。今度こそ、私が討たなければならない」

「リナルド……」

「王子は式典に参加して、国王や他の王族に不審な動きがあったらすぐに皆を避難させてくれ。もしそれで、今回のクーデターの計画が発覚し、私の関与が認められたら、その時はどんな処罰も受けるつもりだ」

「……分かった」

アベレートが苦い顔をして頷く。彼から秘密の地下道の道を聞き、向かおうとするリナルドの背中に、フィーノは問いかけた。

「……なぁ。もし魔法が発動したら、止め方は分かるのか？」

するとリナルドが首を横に振る。

「解除魔法が分かるのはベルだけだ。危険だからと最後までやり方を教えてくれなかったからな。一つだけ分かっているのは、相手の体に触れないと解除できないということだけだ」

「……そうか」

それを聞いてフィーノは一つ、ある覚悟を固めた。犯人が本当にミカエルなのか。ジルドの体を乗っ取ったレグルスなのか、分からない。

だが、とにかく、もしファロが犯人たちの手にかけられたというのなら、絶対に彼等の思い通りにはさせたくないという強い思いがあった。彼等には、彼等なりの考えがあっての行動なのだろう。それでも許せない。これだけは許してはいけない。

「リナルド」

フィーノの呼びかけに彼は振り返った。

「なあこれ、いらないかもしれないけど……受け取ってくれるか？」

フィーノはそう言って、リナルドの手に押し付けるようにハンカチを渡した。

覚悟を決めたら、もう会えないかもしれないと思ったからだ。

それならもう、最後に渡しておきたかった。リナルドが誰を思っていようと、自分が彼を愛していることに変わりはないのだから。

「え……これ……この、柄は……」

リナルドが微かに目を見開いた。

「ランドリアの〝愛〟のおまじないだ。きっとご加護があるよ」

そう言ってアベレートがリナルドの背を叩《たた》く。

「いらなかったら、雑巾《ぞうきん》にでもしろ」

するとリナルドは、呆然《ぼうぜん》としながらしばらくの間その場に立ち尽くし、その若草色の瞳をうるうると潤ませたので、フィーノはギョッとした。

そのまま、本当にまるで犬のように抱きついてきて、フィーノの体をきつく抱きしめている。

「フィーノ！　まさかお前から貰えるなんて……っ、ありがとう！」

「な、泣くなよ」

自分の肩口で涙声でそう感謝するリナルドに、フィーノは思わず笑ってしまった。

まさかこんなに喜んでくれるなんて、予想していた以上のことだった。

「早く行け。死んだりしたら絶対に許さないからな」

そう促すと、リナルドはハンカチを胸にしまって、地下へと下りて行った。

リナルドを見送ると、フィーノはすぐにアベレートに向き直った。

「アベレート様。私はまだお礼をして頂いてませんよね」

「ん？」

「最初に地下書庫で出会った時、〝礼をする〟と言われてまだして貰ってません」

「そ、そういえば……、でも、こんな非常時に」

「いいえ、非常時だからお願いしたいんです。……王の間での儀式に、私も参加させてください」

「ええっ!?　それはさすがに無理だよ」

王族と司祭以外は原則として参加出来ない。

「それに、参加してどうするというんだ。王の間では王族以外帯剣も許されない」

「そこをなんとか。……一つだけ手段があります。もし、何か異変が起きた時は私に任せて下さい」

リナルドがレグルスを見つけられなかったとしても、間に合わなかったとしても、最悪の事態だけはどうにか出来るかもしれない。

「だがフィーノ、一体何を……？」

「自分の役割は、自分で決める。そうおっしゃっていたのはアベレート様です」

アベレートが言っていた言葉を思い出す。

「弱き者を犠牲にする変革だけは、あってはならない。私も強くそう思います。だからお願いします。……役割を、果たさせて下さい」

するとアベレートは、しばらくの間呆気《あっけ》に取られたような顔をしていたが、やがて溜息《ためいき》を吐《つ》き、

「分かった。どうにかする」と許諾してくれた。

「ありがとうございます！」

――ベルミリオ、頼む。

フィーノは心の中で祈った。

■5章―⑦

アベレートから教えられた地下道への入口を入りしばらく歩いていくと、リナルドは薄暗い地下室の扉に突き当たった。

――狼《おおかみ》になれたのか？

以前、ミカエルに言われた言葉を思い出していた。

あれはきっと合言葉だったのだろう。あの時は猥談《わいだん》として流されたがどこか不自然だと思っていた。

リナルドが本当に記憶を失ったのかどうか、試すつもりだったに違いない。

そしてファロが最後に書き残していたメモの答え。〝狼を狩る〟。狼が国獣だった古代シュレナでクーデターを意味する暗喩《あんゆ》だ。

「狼は狩られた」

扉の前でそう伝えると、中の兵士が扉を開けた。だが、リナルドだと気づくと慌てた顔をして、剣を構えたが、それを見越して眠り魔法をかけて眠らせた。

廊下を抜けて奥へ入ると、地下室には複数の兵士とミカエルがいて、その横に、ジルド……いや、レグルスが立っていた。

机の真ん中には、あの絨毯と対になる魔方陣が描かれていた。

やはり、あれは間違いなく古代シュレナの惨劇の際にも使われたレグルスの魔法紋だ。ジルドの体を、レグルスの魂が乗っ取っている。

リナルドに気付くと、ミカエルが顔を上げて笑った。

「……なに？　もしかしてやっと思い出したの？　僕達の使命を」

その言葉に、リナルドは首を横に振った。

「未然に終わればお咎《とが》めなしだそうだ」

もちろん嘘《うそ》だが、それを伝えるとミカエルは笑いながら言った。

「本当に何もかも忘れたんだな。騎士訓練の最中に一緒に見ただろう。ミリア地区の地獄を。あれを見た時、将来一緒にこの腐った国を変えようって約束したじゃないかこれが僕達の役目なんだって」

「……その役目のために、何人手にかけた？　そこにいるジルドも、幼いファロまでも……。他にも何人も。ただの理想に酔った殺人鬼だ。そしてこの私のことも手にかけただろう？」

するとミカエルは少女のように可憐《かれん》に笑った。

「お前は何に於《お》いても甘かったからだよ。用済みになったフィーノも自分で始末できなかっただろ？いつかお前がボロを出して台無しになるかもしれないと思ってたら、案の定尻尾《しっぽ》摑《つか》まれやがって……。その上死に損なって寝返るとはな」

「どうでもいい。そのおかげで私はフィーノに出会えたんだからな」

そう言うと、ミカエルが怪訝《けげん》そうに眉《まゆ》を寄せた。

「……は？」

「リナルドは死んだだろう。お前が殺した。私はリナルドじゃない」

「何を言ってる……？」

その瞬間、ジルドの体を奪ったレグルスが、憎々し気に口を開いた。

「お前かゼノス……お前のことだけは殺してやりたいと、千年ずっと思っていたぜ」

「もうやめろ。何度やったところでお前の魔法は失敗だ。一つの体に二つ以上の魂は宿せない。暴走して終わるだけだ。研究者らしく負けを認めろ」

「うるさい！　何も間違っていない！　もう一度……っ、もう一度だ……！　その前にお前を殺してな！」

凄《すさ》まじい閃光《せんこう》が走るが、リナルドはそれを受けて弾《はじ》き返すと、即座に火魔法で彼の体を躊躇《ためら》いなく焼き払った。彼の体はもう、悪霊の器でしかなくなってしまった。器を失くしたら、もう魔法は使えないはずだ
「今度こそ地獄へ行け」

まだそこに彷徨《さまよ》っているであろう魂にそう言ったその時だった。

「レグルス、僕の体を使え」

ミカエルが不意に、美しい顔を歪《ゆが》めた後に自分の心臓を躊躇いなく剣で突き刺した。

「なっ……」

彼の血の気を失った右腕が杖《つえ》を掴む。

リナルドは慌てて近寄ろうとしたが、それよりもほんの一瞬早く、魔方陣が光った。

(しまった……っ)

魔法が、放たれた。

■5章—⑧

アベレートが考えた苦肉の策は、フィーノを伝令係と入れ替えることだ。

式典は基本的に中断など厳禁だが、例えば国を揺るがすような出来事が起きた時だけは例外だ。その時の伝達用に、儀式の際に伝令係が入口に配置されている。

もし、少しでも王族におかしな動きがあった場合はフィーノが伝令と称して近づく。

フィーノは最初極度に緊張してその場に立っていたが、儀式はつつがなく進んでいた。

国王、司祭が春の花を聖盤に捧《ささ》げ、あとは王位継承順に同じことをするだけだ。

他の王子たちもつつがなく事を終える。あとは司祭の言葉だけ。

(何も起きないな……)

リナルドが止めてくれたのだろうか。それともクーデターなど、起きなかったのだろうか。

だがその時、ジュリアーノの体が不意に、カクッと大きく揺れた。立《た》ち眩《くら》みのようにも見えたが、何かゾワリと、嫌な予感がした。火を見た時の恐怖と同じ。本能的な恐怖だ。

魂の奥で、誰かが警告しているような気がして、フィーノはすぐにジュリアーノの元に駆けだした。

「申し訳ございません！　王子！　緊急の伝令です！　一時ご退席下さい……っ」

フィーノはそう言いながら必死に第一王子の手首を掴み、王の間の外へと連れ出した。

――レグルスの魔法に対する解除魔法は、ベルにしか使えない。一つ言えることは、相手に触れないとダメということ。

（ベル、頼む。力を貸してくれ）

心の中に眠る記憶に呼びかける。

「フィーノ！　兄さん、大丈夫か!?」

アベレートが異変に気付いて王の間を飛び出して駆け寄ってきた。すると、ジュリアーノ王子はきょとんと首を傾《かし》げている。

「どうしたの？　伝令って？」

（あれ……？）

もしかして、気のせいだったのだろうか。あの本能的な恐怖は。そう思っていた次の瞬間だった。

ジュリアーノが不意にフッと笑い、帯剣していた剣を引き抜いて、目の前にいたアベレートにそれを振りかざした。

その時、体の中に強烈な思いが走った。これから起こることを、何があっても、止めなければという思いだ。立ちはだかってそれを受け止めると、腹部に強烈な痛みが走る。

王子の顔がニヤリと歪んだ。激しい痛みに、意識が遠のいていく。

「あ……かっ……」

「フィーノ！　フィーノッ、しっかりしろ!!」

よろけながら、アベレートに支えられる。

（ベル、頼む……目覚めてくれ……ベル！）

祈りを込めて王子の手に触れる。

体の中から、記憶が湧き上がってきた。自分にはないはずの、誰かの記憶だ。知らない町の、知らない景色。恐ろしい火の責め苦、そこからの解放と、血を吐くような修行の日々。その果てに初めて手に入れた大切な家族との、温かくも幸せな日常。

（ゼノス……絶対に、後世に残してはいけないと言ったのに、しようのない弟子だ……だが、もう一度止められるならば、今度こそ救わせてくれ）

その瞬間、ベルミリオは目の前にいる王子の手を取り、光を放った。

「……あれ？　なんでここに？」

第一王子が不思議そうな声を上げたのを聞くと、フィーノはかろうじてその場に踏みとどまり、ジュリアーノに背を向ける。

「フィーノ！　お、おい、どこに行く！」

アベレートに支えられながら、
フィーノはそのまま、王の間を離れて聖堂の外に飛び出すと、茂みの中に倒れ込んだ。

「フィーノ！　今すぐ医者を呼んでくる！」

そうして走り出そうとするアベレートの手を掴んで引き止めた。

「フィーノ!?」

「今人を呼んだら……ジュリアーノ様が罪に問われます……、ジュリアーノ様は何も、していない……何も、悪いことを、していないんです……あなたと、この国の、未来を、作る人です……」

「だが、それではお前が……っ」

「大丈夫、リナルドがきっと、助けてくれるから……私に、役目を果たさせ、てください……」

自分の意識が、自分の体から離れていくのを感じるが、どうにか踏みとどまる。

このまま自分が死んだら、この体はベルミリオのものになるのだろうか。そうすれば、ゼノスの千年もの思いを、叶《かな》えてやれる。

(だが悪い……俺はここでは死ねない。死者が出たとなったら、この件はどうしたって明るみに出てしまうから)

その時、意識の彼方《かなた》から、「フィーノ!!」と呼ぶ声が聞こえた。

「フィーノっ!!」

(リナルド……)

良かった。会いたかった。

「……ゼノ、ス。愛し、てる」

ほとんど吐息のような声で伝えた。

「いやだっ、いやだ、死ぬな！　フィーノ！」

腹部に温かい光を感じた。リナルドが魔法をかけてくれているのだ。

だが、その声も、どんどんと遠のいていく。急速に薄れていく意識の向こう側に、ふと、誰かの姿が見えた。

「めがみ……さま？」

この世の者とは思えないぐらい美しい誰かが微笑《ほほえ》むと、フィーノの傷ついた腹部に手を翳《かざ》した。

温かい光が放たれ、痛みを癒やしていく。

「べ、ル……」

リナルドが信じられないというように目を見開いた。だが、フィーノの目にはなぜか今目の前にいるリナルドが、全く違う青年に見えた。

あれは、ゼノスの姿だろうか。二人は千年ぶりに再会出来たのだろうか。そうであって欲しかった。

やがてその美しい人は立ちあがると、フィーノの肩に手を置いた。

——その体は、君だけのものだ。たった一つの体を大事にしてやってくれ。君を愛している俺の弟子のためにも。

そうしてその人は、もう一度微笑むと、目の前からスッと姿を消した。

■6章——①

「……あれ?」

腹部の強烈な痛みで目を覚ます。今の自分は、生きていると言える状態なのだろうか。

ベッド脇には、疲れた顔をして、リナルドがうつ伏せで眠っている。その金糸のような髪に触れようと手を伸ばすと、ガバッと彼が体を起こした。

「うわっ、びっくりした……」

「フィーノ……?」

彼の端整な顔が情けなく、くしゃくしゃに歪んだかと思うと、その両腕がフィーノをきつく抱きしめてきた。

「痛っ、痛ってえええっ」

離せと背中を叩《たた》くが、リナルドは全く離してくれる気配がない。

「俺が、俺が……っ、俺がレグルスを止められなかったせいで……っ」

「いや、万が一に備えておいて良かった」

そう言って、痛みを堪《こら》えながら笑って見せると、リナルドはその顔を歪めて拳《こぶし》を握りしめる。

「フィーノ、許さないぞ……っ、なんであんな危険なことをしたんだ！」

「ベルにしか解除できない魔法で、俺の魂の中にベルがいるなら……ああするしかなかったんだ。古代シュレナの王子も、ベルが魔法を解除したところで、自分のしてしまったことを知った途端、自殺してしまった。だから絶対、ジュリアーノ様自身には悟られずにどうにか止めたかった」

あの時に自分で選んだ役目だった。そしてそれは、ベルミリオ自身の願いでもあったと思う。

「馬鹿……っ、そんな訳があるか！　お前の命以上に大事な物なんてないと、何度言えば分かる！」

「ごめん……」

悲痛な声で泣くリナルドの声を聞きながら、フィーノはそこで初めて罪悪感に襲われた。

「……ジュリアーノ王子は？」

「お前のおかげで正気に戻られた。……体調が戻られたら顛末《てんまつ》を話すが……プリディーヴァは表向きは何事もなく終わった」

それを聞いてフィーノは、深い安堵《あんど》の息を吐《つ》く。

「良かった……お前を八つ裂きの刑にだけは遭わせたくなかったからな」

するとリナルドはすぐに首を横に振った。

「……俺が八つ裂きの刑になってても投石の刑になってもいいから、もう二度とあんなことはするな」

またしてもきつく抱きしめられ、フィーノは「痛い痛い」とその体を押しのける。

「……なあ」

「なんだ」

「俺が死にかけた時、ベルには会えたか？」

すると、リナルドは少しの間黙り込んだ後に首を縦に振った。

「……ベルがあの時、フィーノを助けてくれた」

あの時の温かい光が、そうだったのだろう。

――その体は、君だけのものだ。たった一つの体を大事にしてやってくれ。君を愛している俺の弟子のためにも。

あの女神のような美しい人は、ベルミリオの魂だったのだろうか。


――一カ月半後。


リナルドの治療のおかげで、フィーノの回復速度は早く、初夏になる頃には、傷痕《きずあと》は完治していた。

（暑い……）

初夏といってもランドリアの夏は暑い。その上、汗をかくと傷痕がかゆくなる。

その日は特に夜も暑く我慢できずに上を全て脱いだ状態でベッドに潜り込もうとすると、リナルドが即自分が着ていた服を着せてきた。

「なんだよやめろ。暑いんだよ」

リナルドは溜息《ためいき》を吐くと、心底呆《あき》れた顔をした。

「……言ったはずだぞ。フィーノを抱きたいと思ってるって」

（……忘れてた）

「想いに応えてくれるというなら、いくらでも服を脱いでくれて構わないが、どうする？」

「………」

すごすごと無理やり着せられた服を着直そうとすると、リナルドがボタンを閉めるフィーノの手を強く摑《つか》んできた。

「フィーノ。あのプリディーヴァの時、私に〝愛してる〟と確かに言ったな？」

――……ゼノ、ス。愛し、てる。

あれを言ったのが、自分なのかベルミリオなのか、それはフィーノにもハッキリとは分からなかった。あのときは、ベルとの想いが重なっていたような、そんな気がしていた。「……言ってない。言ってたとしたらそれはベルだ」

「ベルは俺をゼノと呼ぶから違う」

「そうなのか⁉」

「嘘《うそ》だ」

「なっ……」

騙《だま》されたと、思わず睨《にら》みつけると、リナルドは溜息を吐いた。

「フィーノはずっと、大きな誤解をしていないか？」

「誤解？」

「私が、フィーノをベルミリオの代わりとして愛していると、そう思っていないか？」

「……いや、だって、お前が愛しているのは最初からベルだろ。俺はベルとは全く違う人間で、別人なんだ」

「分かってる。フィーノとベルは別人だ。私も自分をリナルドとは別人だと思っている。だが……それでもやはり、一片の繋《つな》がりはあるのかもしれない」

「……え？」

「これ」

今年のプリディーヴァでフィーノがあげた刺繍《ししゅう》のハンカチと、燃えさしのような布の一部。そこには、刺した覚えのある刺繍の模様の一部があった。

「最初は何の模様なのか分からなかったが、フィーノがプリディーヴァにくれたハンカチを見てやっと分かった。これはフィーノが、事故以前の私に贈ったものではないか？　事故当時着ていた服に、縫い付けられていた」

「え……？」

これは勝手な憶測だがと、リナルドは前置きをして話しだした。

「クーデターでもし自分が罪に問われることになったとしても、フィーノまで処刑されることがないように、わざと冷たく接して周りに不仲を知らしめていたのかもしれない。夫夫《ふうふ》は良い事も悪い事も……、全部繋がってしまうから」

「……そんな、訳……」

そんな訳がない。絶対にそんなことはない。そう思うのに、その刺繍の燃えさしは、間違いなくフィーノが刺したものだ。燃やしたはずのこれを、どうして、縫い付けてなどいたのだろう。

「あの男がフィーノを本当はどう思っていたか分からないし許す気もない。だがそれでも、一片でも想いがあったから、私達は夫夫になれたのかもしれない」

「……それって」

『リナルド様が、お前に興味を持ってくださったらしい』

父が縁談についてそう言っていたのを思い出す。その後、ミカエルの代わりと言っていたが、ミカエルと恋愛関係ではなかったのなら、確かにどうしてだろうと思う。

ほんの一欠片《かけら》でも、愛してくれていたのだろうか。真相はもう、分からないが、それを聞く術《すべ》もないのだと思うと、瞼《まぶた》が熱を持つ。

「私は完全なゼノスでもリナルドでもないのかもしれない。ベルミリオを愛する気持ちも確かに持っている。……だが、魂は一つだけだ。一つ確かに言えるのは、〝今〟の私が愛しているのは、今目の前にいるフィーノだ。意地っ張りで気が強く……でも誰よりも私を思ってくれている心優しいフィーノなんだ」

どうしたら伝わるだろうかと、眉《まゆ》を寄せて切なげにリナルドが笑う。

「フィーノの……フィーノ自身の気持ちを聞かせてくれ」

逡巡《しゅんじゅん》の末、フィーノはリナルドを見つめた。

「俺も……今のお前が好きだ」

「じゃ、じゃあ……」

「ただし、俺のことも千年愛せよ」

「え？」

「お前がベルを大事に思う気持ちは否定しない。でも俺のことも同じか、それ以上に長く愛せ。俺も……そうするから」

そう誓うなら信じると言うと、リナルドはフィーノの体を抱きしめた。


全裸のまま横たわりながら、フィーノは信じがたい目でリナルドを見つめていた。

リナルドと結婚して十三年。一度たりとも抱かれる日がくるなんて思っていなかったので、頭の中が真っ白だった。

「……ほ、本当にやるのか？」

「当たり前だ。ここまで来て逃げようと思っても、もう逃がすことは出来ないぞ」

自分を熱っぽい目で見詰める男の顔は、ひどく美しく、記憶の中に僅《わず》かに見たあの女神のようなベルミリオにひどくお似合いだった。

「……お前前世であんな、絶世の美人を愛してたっていうのに、よくこんなどこからどう見ても男の俺を抱こうって気になるよな」

全然分からないと言うと、リナルドが呆れたように溜息を吐く。

「分からないなら、分かるまでしてやるから大丈夫だ」

「……え？　……うぁっ」

耳朶《みみたぶ》を軽く噛《か》まれ、妙な声が出てしまい、思わず口を押さえる。

リナルドの唇はそのまま、首筋、鎖骨と滑り落ちていき、そのまま胸元の突起をきつく吸いあげる。

「うっ、ん、……あぁっ、ちょっ、なんで……？」

「え？」

「そんなとこ、必要がないだろ。なんか出る訳でもないのに」

男の乳首などただの飾りで、何の役にも立たないのに、こちらの制止も聞かずにリナルドはいつまでも舐《な》め回している。

「私が舐めたいからだ」

「んっ、あ……っ、うぁっ、あ……っ」

そのまま、体のあちこちにキスを落としていく。足の付け根に舌を這《は》わされて、フィーノはビクッと体を震わせた。

やがてその舌が性器にまで這わされると、さすがに顔を上げ、顔を押し返した。

「そんな、とこ……っ、まで舐めるな……っ」

「私がどれだけこの体を愛しているか嫌というほど分かってもらわないとな。またフィーノは無茶をするだろ」

「しない、からぁ……っ、アァッ」

先端を吸い上げられ、ビクビクと体を震わせる。

みっともない声が漏れて、快楽に顔が歪《ゆが》むのを必死に隠そうとすると、リナルドがフィーノの手首を摑んでそれを阻んだ。

「顔、隠すな。声も殺さないでくれ」

「い、やだ……っ、こんな、みっともない……っ」

「私も隠さずに見せるから。フィーノをどれほど愛しているか」

リナルドがそう言いながら、フィーノの勃《た》ち上がった性器に怒張した性器を押し付けた。

それを目の当たりにして激しい羞恥《しゅうち》に見舞われながらも、それから目を逸《そ》らせなかった。

リナルドが間違いなく、フィーノに興奮を覚えていることが、嬉《うれ》しかったのだ。

ベルミリオとはまったく違う姿かたちの自分に、こんなにも欲情してくれていることが嬉しかった。

「……あぁっ」

そのまま、リナルドの指先で裏筋をなぞられると、あっけなく達してしまった。

「はぁっ……はぁっ……」

荒く息を整えながらリナルドを見上げると、彼はごくりと喉《のど》を鳴らし、フィーノにキスを落とした。

「かわいかったぞ……」

耳元で囁《ささや》かれビクッと体が震える。

性器からはドクドクとフィーノが放ったものが溢《あふ》れ、玉裏を濡《ぬ》らし、さらにその奥まで垂れている。

リナルドが、その残滓《ざんし》を指に掬《すく》うと、それを信じられない場所に塗りたくった。

「へっ……!?」

驚きに目を見開く。

「ま、待て……っ、そこは違う、場所だろ……っ」

真っ赤になりながら首を横に振るが、リナルドはそこをグニグニと指の先で解《ほぐ》した。

「いや、……ここだ。私も経験がないが、……他にないだろう」

確かにそうだ。だがそこは本来の用途とは違う。男女の性行為とは違い、それ用の場所がないのだ。

「そんな、ところ……っ」

羞恥でおかしくなりそうだが、リナルドが切実な表情で言った。

「私はフィーノと繋がりたい……ダメか？」

「……～～っ」

その表情がとても可愛らしくて、フィーノはぎゅっと目を瞑《つぶ》った後に「分かった」と頷《うなず》いた。

彼はパァッと顔を輝かせると、そのままその場所に指を入れる。

「んっ……」

「大丈夫だ。優しくするから」

「そんなに、ヤワじゃない」

「私が、優しくしたいんだ」

そう言いながら本当にゆっくりと指が一本入れられ、内部をかき回される。

そんなところどうこうされても何も感じないだろうと思っていたが、彼の指先がある一点を突くと、
途端にフィーノの体がビクンッと跳ねた。

「う、あぁ……ッッ」

「ここ？」

リナルドが少し不思議そうにその場所をもう一度押した。

「ひっ……、あっ、や、め……っ」

「やめるか。フィーノが気持ちよくなってくれて嬉しい」

「お、お前だって……っ」

ずっと、こっちばかりが気持ちよくなっている。だがリナルドはいつまでも止《や》めない。

「も、いいから……ッ、入れ……ろ……ッ」

「ダメだ。初めてなんだぞ」

「俺は、男だ、から……ッ」

「だからなんだ？　そんなの関係ないだろう。性別も何もかも、大事にしたい気持ちに代わりはない」

いつのまにか三本に増やされた指で体の中をかき回され、悶《もだ》えながらも、フィーノはリナルドを見上げた。

「お前、にも、きもち、よくなって欲しい……ッ、愛してるから……っ」

そう告げると、彼は目を見開き、頬を真っ赤に染め上げた。

「我慢、出来なくなってしまうから……、やめろ」

「我慢しなくていい……。大丈夫だから」

もしたとえ、痛かったとしてもそれすら喜びに思えるような気がする。早く繋がりたくて、フィーノは自ら誘うように足を開いた。

「フィーノ……っ」

リナルドは痛かったら言えと言いながらフィーノの両足を抱え上げ、そのまま自らの性器の先端をフィーノに宛てがい、グッと押し進める。

「んっ、アァッ、あ……ッ」

リナルドの性器が中に入ってくる。

指よりも遥《はる》かに大きなソレが、体の中に入ってくる感触に、背筋が震える。

はやく、繋がりたいと思いながらも、リナルドがフィーノを気遣いながら必死に我慢してゆっくりゆっくりと入れてくれるのが愛《いと》おしかった。

やがて最奥まで飲み込んだ時、フィーノはこれまで感じたことのないような多幸感に包まれた。

しばらくの間、リナルドの手に自分の指を絡ませながらポーッとしていたが、やがて彼が腰を動かし始めると内壁を擦《こす》られる刺激に目を見開く。

「あぁっ、うぁっ、あぁ……っ」

あられもない喘《あえ》ぎ声《ごえ》が、漏れてしまい、ひどく恥ずかしかったが、フィーノはそれを隠さなかった。

この行為をどれだけ気持ちいいと感じているのか、目の前の男に知らせたかったのだ。

リナルドはフィーノの両足を抱え直して最奥を貫きながら言った。

「この行為に、意味なんてなくていいんだ……これはただ、どれだけ私がフィーノ自身を深く愛しているか、伝わればいいんだから」

伝わっているだろうかとどこかぎこちなく髪を撫《な》でながら最奥を貫かれ、フィーノは背筋をのけ反らせながらもこくこくと頷いた。

そうだ。抱き合ったところで子供が出来る訳でもなく、何かの役に立つわけでもない。

それなのに、ただただ幸せで、まるで自分はこのために生まれてきたのだと思えるようなそんな甘く蕩《とろ》けるような時間だった。

■エピローグ

プリディーヴァから三カ月の月日が経《た》った頃。

「フィーノ！　ごめん、次これお願い！」

「フィーノくん、ごめんこれもいい？」

「はっ」

次から次へと雨のように降ってくる仕事をフィーノは矢継ぎ早に処理していた。

それもそのはずだ。これまでアベレートの専属書記官でやっていたのに、そこにさらにジュリアーノからの仕事までが降ってくるようになったのだから。

まだジュリアーノ王子が即位する日は先だ。だが、今回のクーデターの発端となったミリア地区の現状に切り込み、問題解決への資金投入を試みている。国王は決してそれを認めなかったが、第一王子の説得で、ようやく動く兆しが見えてきていた。壁は厚く、問題は山積みだが、できることからとにかくこなしていかなければ、また同じ悲劇は起きてしまう。

あの日のことは、ジュリアーノには知らせていない。それはフィーノが、決して口外しないようにアベレートに頼んだからだ。

それが正しい選択だったのかどうかは分からない。だが今こうして、二人が力を合わせることで少しずつでも進んでいっている現実を見ると、間違ってはいなかったのではないかと思う。

地獄のような現状を目の当たりにして、何を犠牲にしてでも変えたいと思ったミカエル達の動機は理解できないものではない。ただし、取った行動自体は最悪のものだった。

アベレートの命令でセラフィーノ家の取り調べが行われたが、クーデター関与の証拠は見つからなかった。だが、ジルドの殺害やリナルドへの殺人未遂は立証された。また、セラフィーノ家に保護された子供のうち、数人が行方不明になっていることも。

ファロも未《いま》だに、見つかっていない。


リナルドは、騎士団に本格復帰した。体を動かすことが向いていないことに変わりはなく毎日疲労困憊《こんぱい》で帰ってくる。

「はぁ……疲れた」

その日も筋肉痛で死にそうになっている彼をマッサージしてやりながら、ふと疑問に思って言った。

「別に苦手なことで無理をしなくても、宮中には色んな仕事があるぞ」

「……フィーノが」

「？」

「〝リナルドの剣技だけは好きだった〟って言ってたから。それだけは引き継いでいこうかなって思ってな」

「……アベレート様が、リナルドの魔法技術について、興味津々だ」

「え？」

魔法など信じないと言っていたアベレートだったが、あの事件以降、その存在を信じ始めたようだ。ただ、強大な力をもたらす代わりに、使い方を間違えれば恐ろしいことになる。だからその存在については決して明かさないつもりのようだ。だが、使い方次第では国を助けることができる。

「リナルドに、極秘で魔法開発を頼みたいって」

「え……」

フィーノは、グリッと凝って張り出した背中の筋肉を押し込むと、リナルドが「痛っ」と文句の声を上げる。

「俺は……〝今〟のお前は、魔法を使っている時が、一番かっこいいと思うぞ」

照れくさくなりながら、目を逸《そ》らして言うと、リナルドは嬉しそうにフィーノにキスをした。

つい癖で受け入れてしまい何度も繰り返していると、そのうちに彼の手が腰に伸びて来たので慌てて振り払う。

「ダメだ。お前筋肉痛なんだろ？」

「筋肉痛は、適度に筋肉を動かした方がいいらしいぞ。付き合ってくれ」

「……っ、ダメだ。今日は絶対しないからな」

最近、なし崩しに行為を受け入れてしまい、翌日の仕事に響くことが増えていた。まさにアベレートに、以前言われた通りになってしまっている。

自制のために振り切るように立ち上がり、リナルドの筋肉痛に効く薬草を塗ってやろうと呼び紐《ひも》を引く。するとその時、彼がふと微笑《ほほえ》んだ。

「ロッシが今日から、新しい使用人を雇ったって言ってたぞ」

「……そうなのか？」

するとほどなくして、パタパタという小走りの音と共に控え目なノックがした。

「入れ」

そう促した。てっきり、ロッシが来ると思っていたフィーノは、顔を上げて驚いた。銀の髪に青い目の、とても可愛い少年がにこにこしながら立っていた。その瞳《ひとみ》には、小さく涙が浮かんでいる。

「え……？」

そこに遅れて、慌てた様子のロッシが入ってくる。

「も、申し訳ございません。こちらは今日から雇った使用人なのですが、口が利けないもので……厨《ちゅう》房《ぼう》などの裏方に回そうと思っていたのですが勝手に……ほら、こっちに来なさい」

そうしてロッシが引き戻そうとするよりも前に、フィーノは駆け寄り、泣きながら少年をきつく抱きしめた。

「ファロ、どうして……っ、今までどこに……っ」

するとリナルドが、泣きじゃくるフィーノの肩に手を置いた。

「だから言っただろう。絶対に生きてる。私が見つけ出すって。孤児院中に問い合わせをしてみたんだ。馬車にはねられて大怪我《おおけが》して町中で倒れていたところを、保護されて孤児院に引き取られたらしい。この年頃の銀髪の子供なんて多勢いてなかなか見つからなかったけど、ファロが文字を書けて、名前を孤児院で把握されていたから、見つけられたんだ」

そしてリナルドは、優しい声で言った。

「フィーノがファロに字を教えたのは、このためだろう」

フィーノはその言葉に深く頷《うなず》いた。ポタポタと、涙の雫《しずく》が零《こぼ》れ、ファロの柔らかい髪を濡《ぬ》らしていく。そう、字を教えたかったのは、彼にただ、幸せに生きてもらうためだった。

ファロはリナルドをやはり訝《いぶか》し気な目で見ると、フィーノの後ろに隠れた。

「警戒されてるなぁ……」

「そりゃそうだろう」

きっと、打ち解けるには時間がかかるに違いない。フィーノはファロの顔を覗《のぞ》き込《こ》み、笑いながら言った。

「ファロ。大丈夫だ。〝今〟お前の目の前にいる人は、世界一優しくて、俺を一番大切にしてくれる人なんだ」

そう話しかけると、ファロはフィーノの横からそろそろと姿を現した。

よかった。分かってくれたか。

そう微笑むと、どういう訳か不意にファロはくいっとフィーノの腕を引っ張った。突然のことにバランスを崩してよろけると、フィーノの頬に、ファロが音を立ててちゅっと可愛らしいキスをした。

「!?」

「なぁっ……」

絶句するリナルドを牽制《けんせい》するようにファロがフィーノの腕を摑《つか》んだままむすっとした顔で睨《にら》む。

「ま、まさかそういうことか!?　ダメだ！　離れるんだ！　そこは私の場所だぞ！」

そう主張してフィーノの腕を反対側から引っ張ってくるリナルドを、「大人げない」と撥《は》ねつけた。

「浮気はダメだと言ったはずだ」

「何が浮気だ。俺の本気を舐《な》めるなよ」

千年先まで愛してやると言っただろう。そう言って笑うと、リナルドは大人げなくファロの反対側の腕を引っ張り、フィーノの唇にキスを落とした。

あとがき

こんにちは。福澤ゆきと申します。

この度は「仮面夫夫《ふうふ》のはずが、前世の記憶を取り戻した夫に溺愛《できあい》されています」をお手に取ってくださり、ありがとうございます。

この作品は今までのように、WEBで連載していたお話の書籍化ではなく、初めて全て書き下ろした話となります。一話ずつ連載しながら書くのとはまた異なり、まるまる一つのお話を一気に書いたので、いつになく大苦戦となりましたが、とても楽しく書かせて頂きました。

悪役転生ものは、受けが悪役から現代日本の価値観を持った人格に変わり、攻めや周囲が驚く……というお話が多いかなと思うのですが、本作は攻めが急に前世の記憶を取り戻して別人になってしまい受けが戸惑《とまど》うというパターンで書いております。

攻めのことが大嫌いな受けというのはがっつり書いたことはなかったのでとても新鮮でした！(笑)

意地っ張りなフィーノが、長い間嫌っていた夫のリナルドに段々と心を開いていく変化を楽しんで頂けましたら嬉《うれ》しいです。

最後になりますが、ギリギリのスケジュールの中支えてくださった担当様、本当にありがとうございました。そして、フィーノとリナルドをとても美しくかっこよく描いてくださった有木映子先生、的確な指摘をくださった校正担当様、ここまで読んでくださった読者の皆様。

この本の出版に携わってくださった全ての方に感謝申し上げます。ありがとうございました！

Ruby collection

仮面夫夫《かめんふうふ》のはずが、前世《ぜんせ》の記憶《きおく》を取《と》り戻《もど》した夫《おっと》に溺愛《できあい》されています

2024年11月29日　初版発行

著者　福澤ゆき
©Yuki Fukuzawa 2024

発行者　山下直久

発行　株式会社KADOKAWA
〒102-8177
東京都千代田区富士見2-13-3
電話：0570-002-301（ナビダイヤル）
https://www.kadokawa.co.jp/

印刷所　株式会社暁印刷

製本所　本間製本株式会社

デザインフォーマット　内川たくや（UCHIKAWADESIGN Inc.）

イラスト　有木映子

ISBN 978-4-04-115631-5　C0093　　Printed in Japan